KB246238

野獸王

야수왕

류진 新무협 판타지 소설

FANTASTIC ORIENTAL HEROES

야수왕 1권

류 진 新무협 판타지 소설

초판 1쇄 찍은 날 § 2013년 9월 4일
초판 1쇄 펴낸 날 § 2013년 9월 11일

지은이 § 류 진
펴낸이 § 서경석

편집부장 § 권태완
편집책임 § 정수경

펴낸곳 § 도서출판 청어람
등록번호 § 제1081-1-89호
등록일자 § 1999. 5. 31
어람번호 § 제2-2391호

주소 § 경기도 부천시 원미구 심곡2동 163-2 서경B/D 3F (우) 420-822
전화 § 032-656-4452 팩스 § 032-656-4453
http://www.chungeoram.com
E-mail § chungeorambook@daum.net

ⓒ 류 진, 2013

ISBN 978-89-251-3453-6 04810
ISBN 978-89-251-3452-9 (세트)

※ 파본은 구입하신 서점에서 교환하여 드립니다.
※ 저자와 협의하여 인지를 붙이지 않습니다.
※ 이 책은 도서출판 청어람과 저작자의 계약에 의해 출판된 것이므로,
　무단 전재 및 유포 · 공유를 금합니다.

야수왕

1

류진 新무협 판타지 소설

FANTASTIC ORIENTAL HEROES

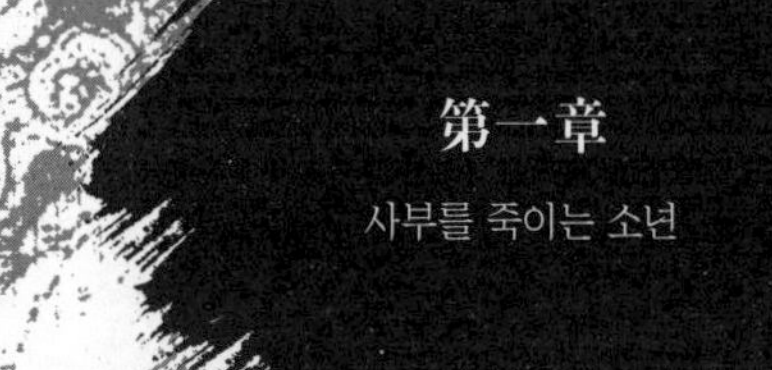

第一章

사부를 죽이는 소년

야수왕

　잘못 디딘 걸음이었다. 그래서 후회하느냐고? 그렇다. 하지만 언제나 후회는 아무리 빨라도 늦는 법이다.

　철그렁! 철그렁!

　발목을 구속한 족쇄의 쇳소리가 잘못된 욕심의 목소리였다. 순간의 욕심이 부른 건 비단 속박된 자유와 쇳소리뿐만은 아니었다. 취객의 토사물에서나 풍길 법한 냄새와 아교처럼 들러붙는 진득한 땀, 수갑에 묶여 제대로 긁을 수도 없어 더욱 괴로운 엉덩이의 땀띠.

　유재영(劉宰英)은 엉덩이를 실룩거려 보지만 만족할 만큼의 시원함은 얻지 못했다.

"뭐하는 거야? 후장이 간지럽냐? 발가락으로 긁어줄까?"

눈을 부라리며 민망한 말을 뱉는 동고식(東高識)을 보며 문득 생각했다.

'정말 엉덩이를 까면 발가락으로 긁어줄까?'

해보고 싶었지만 관뒀다. 일어서기가 귀찮았다. 움직이는 대신 헛헛한 상념이 부른 실소만 짧게 튀어나왔다.

"이 개새끼가 웃어? 죽을래?"

동고식은 철창에서 상체를 반 뼘쯤 떼었을 뿐 일어나지는 않았다. 그저 버릇이 되어버린 허세로 불안을 떨치고 싶을 뿐이리라.

유재영은 말없이 동고식의 수갑 위를 빠르게 기어가는 파리를 봤다. 몇 발 움직이다 앞다리를 비비고 또 기어가다 앞다리를 비비는, 파리는 아마 저주받은 벌레인 모양이다. 저처럼 쉼 없이 용서를 빌어야만 살아갈 수 있으니 말이다.

유재영은 쇠창살에 뒤통수를 대고 눈을 감았다. 엉덩이의 가려움을 참기가 힘들었다. 그와 같은 공간에 갇힌 다른 죄수들은 미동도 보이지 않았다. 서른 명이 골고루 나눠 가져야 할 땀띠가 온통 그의 엉덩이에 달라붙은 모양이다.

도저히 참을 수가 없었다. 벌떡 일어선 유재영은 바지를 내렸다. 쇠사슬이 출렁이는 소리에 몇 명이 눈을 떴다.

“너 이 새끼 뭐하는⋯⋯.”

유재영은 엉덩이를 동고식 앞으로 들이밀어 말문을 막았다.

“긁어라.”

“뭐⋯ 뭐야?”

“빨간 종기 같은 것들 보이잖아? 빨리 긁어.”

“이런 미친 새끼가!”

동고식이 거칠게 그의 엉덩이를 밀었다. 앞으로 넘어진 유재영은 철창에 머리를 부딪친 후 몸을 돌렸다. 고개를 내려뜨리자 축 늘어진 남근(男根)이 거대한 거머리처럼 허벅지 안쪽에 달라붙은 게 보였다. 배설의 기능에만 철저히 충실해져 버린, 싹둑 잘라내도 하등 아까울 것 없는 녀석이다.

그저 미는 것으로 성이 차지 않은 동고식이 게으른 몸뚱이를 일으켰다.

“너 하나 병신 만든다고 달라질 것도 없겠지.”

동고식은 유재영의 멱살을 잡기 위해 팔을 뻗었다. 가까워지는 동고식의 얼굴에서 좋은 것을 발견했다. 가을의 시든 밤송이처럼 자라난 거친 수염.

멱살을 잡으려는 손을 옆으로 밀어낸 유재영은 발등으로 동고식의 뒤꿈치를 걸어 잡아당겼다. 발이 미끄러진 동고식은 얼음 위에서 그러는 것처럼 뒤로 벌렁 넘어졌다. 재빨리 일어난 유재영은 동고식의 얼굴에 주저앉았다.

시원하다. 하지만 수염이 엉덩이 전체를 긁어주지는 못했다. 엉덩이를 이리저리 실룩거리자 동고식이 답답한 신음을 토해내며 밀어내려 했다. 유재영은 발을 들어 뒤꿈치로 동고식의 가랑이 사이를 내리쳤다.

녀석의 입에서 터진 푸르륵거리는 소리가 그의 방귀처럼 들렸다.

"이봐! 뭐하는 거야!"

관원이 육모방망이를 쥐고 다가왔다.

"이놈 입이 하도 지저분해서 변소인가 하고."

방망이가 철창을 때렸다.

상청도(常靑島)로 유배를 선고한다!

판관의 목소리 뒤로 따라붙은 나무망치 소리가 새삼 떠올랐다.

"모두 일어나서 떠날 준비해라!"

"잠깐만… 조금만 더 긁고… 이제 좀 시원해졌네."

"미친놈."

'미친놈'은 유재영을 정확히 표현하지는 못했다. 과거 잠깐 미쳤던 것이 지금 이 지경까지 왔을 뿐, 현재까지 쭉 미쳐 있는 건 아니니까.

바지를 올린 유재명이 철창을 잡았다. 창살까지 끈끈한 땀으로 덮여 있었다.

"오늘이 며칠이오?"

"악인도(惡人島)로 가는 놈이 그건 알아서 뭐하게?"

"더위가 언제쯤 가실까 하고."

관원이 피식 웃었다.

"금방 시원해지겠지. 곧 수장(水葬)될 테니까."

"상청도, 그러니까 악인도로 가는데 수장이 웬 말이오?"

"가다가 죽거나 거기서 죽어도 결국 바다에 던져질 거다. 누가 장사라도 지내줄 것 같으냐?"

관원이 다음 질문을 할 기회도 주지 않고 나가 버렸다. 엉덩이가 다시 가려워졌다. 고개를 돌리자 엉금엉금 일어서는 동고식이 보였다.

"야, 엉덩이 한 번 더 긁어야겠는데."

"우웩—!"

＊　　＊　　＊

습기 머금은 후덥지근한 바람이 동쪽 창문으로 들어와 서쪽 창문으로 달아났다. 세상의 모든 물을 증발시켜 버릴 것 같은 태양도 악인도의 습한 바람만은 어쩔 수 없었다.

쪼르르르―!

잔에 떨어지는 술조차 뜨거운 물을 붓는 것 같은 소리를 냈다. 왕거붕(王巨鵬)은 한주찬(韓主讚)이 따른 술을 단숨에 마셨다.

"도주(島主)님. 지금쯤 결판이 났겠죠?"

"그랬을 테지."

"죽였겠죠?"

왕거붕은 물음을 던진 도인고(都仁高)를 봤다. 시선을 한 곳에 고정시키지 못하고 쉼 없이 움직이는 눈알이 금방이라도 빠져서 탁자 위를 구를 것 같았다.

"뭐, 꽤 쓸 만한 녀석들이니까."

아무렇지 않은 듯 말했지만 속은 타들어갔다.

"설백천(雪白天)은 오늘 죽을 거고 장두백은 언제 처리하실 겁니까? 지금 가장 위협이 되는 놈이 장두백 아닙니까?"

한주찬의 말에 왕거붕이 가는 한숨을 내쉬었다. 사람을 보는 두 녀석의 안목은 떨어져도 너무 떨어졌다. 저러니 그의 밑에서 똥구멍이나 핥고 있지 하면서 연거푸 술잔을 기울였다. 독한 백주가 식도의 허물을 벗겨내는 것처럼 들어갔다.

"장두백이 이곳 악인도에 온 지 일 년하고 육 개월이 지났으니, 여섯 달만 지나면 도주에 도전할 자격이 주어집니다.

그러니 어서 대비해야 하는 것 아닙니까?"

왕거붕은 아무 경고도 없이 술잔으로 한주찬의 머리를 내리쳤다. 잔의 하얀 부스러기가 진득한 핏물과 함께 탁자 위로 뚝뚝 떨어졌다.

"오늘 설백천이 죽지 않으면 장두백은 이 잔처럼 부서질 것이다. 이 멍청이들아."

한주찬은 신음을 뱉으면서도 왜냐고 물었다.

"설백천 별명이 뭐냐?"

"사… 살부사(殺父蛇)죠. 자신을 가르친 사부를 어김없이 죽여서 붙여진 별명 아닙니까?"

"지금 설백천의 사부는?"

"장두백이기는 합니다만… 설백천이 장두백을 이기기에는 아직 많이 부족하지 않습니까?"

"제발 그러기를 바란다. 그래야 오늘……."

쾅!

뭔가가 탁자 위로 거칠게 내동댕이쳐졌다. 접시들이 부서지고 술병은 굴러서 바닥에 떨어졌다. 탁자의 술과 음식을 밀어낸 자리에는 두 개의 둥근 물건이 놓여 있었다.

머리였다. 눈을 한껏 치켜뜨고 혀는 길게 빼문, 두 개의 머리가 같은 표정이어서 탁자 아래 몸을 숨기고 머리만 내민 것 같다는 생각이 들었다.

왕거붕은 머리가 날아온 방향을 봤다. 조개로 만든 주렴이 걷히면서 설백천이 느린 걸음으로 들어왔다. 살짝 걷힌 주렴 사이로 주루에 모인 자들의 놀라는 모습이 보였다.

설백천은 일어나 있는 한주찬의 의자를 차지했다. 넘어진 술잔을 세우고 바닥에 떨어진 술병 조각에 조금 담긴 술을 그곳에 부었다.

"왕 도주. 이런 녀석들을 보내다니, 실망했어."

설백천은 내밀어진 머리의 혀를 손가락으로 건들며 말을 이었다.

"주둥이만 산 녀석들 말고 진짜 싸움을 하는 놈들을 보냈어야지. 아니면 직접 오든가."

"나도 그리 기대하지는 않았다."

목소리는 다행히 침착하게 나왔다. 설백천이 웃었다. 이빨이 얄미울 정도로 하얗다. 끝이 약간 처진 눈이 선한 인상을 만들었다. 사람들이 설백천을 오해하는 건 아마 저 눈 때문일 것이다.

"내 열여덟 살 생일이 다섯 달 남았네."

설백천은 잔 밑바닥을 겨우 채운 술로 입술을 적셨다.

"누가 열여덟 살이 되어야 도주에 도전할 수 있다는 규칙을 만들었는지 몰라."

"꼬마야. 너무 자신하지 마라."

“도주야말로 허세 부리지 마. 내가 겁나지 않았다
면…….”

설백천은 머리를 건드렸다. 탁자를 구른 머리가 바닥으로
떨어져 한참을 더 이동한 뒤 벽에 부딪쳐서야 멈췄다.

“저런 놈들을 보내 날 죽이려고 하지 않았겠지. 다섯 달 남
았어. 그동안 남은 인생을 즐겨.”

설백천은 떠나며 한주찬과 도인고에게도 말했다.

“너희도.”

“저런 건방진 새끼!”

도인고의 욕설은 설백천이 가고 한참 후에야 튀어나왔다.
탁자 모서리를 잡고 부들부들 떨던 왕거붕의 손이 위로 튀어
올랐다. 허공을 한 바퀴 돈 탁자는 바닥에 떨어지며 산산조각
으로 부서졌다. 빨리 해결책을 찾지 않으면 그의 머리가 저
탁자처럼 깨질 것이다.

*　　　*　　　*

설백천의 기척을 느낀 도마뱀이 벽 사이 구멍으로 재빨리
사라졌다. 마당에 들어선 설백천은 고설란(高雪蘭)의 거문고
소리에 걸음을 멈췄다. 불안한 음정과 불규칙한 떨림. 설백천
은 방문을 열었다.

술과 안주가 놓인 앉은뱅이 식탁. 붉은색 치마를 입은 고설
란은 장두백의 무릎 위에 앉아 있었다. 정확히는 무릎이 아니
었다. 장두백의 허리가 실룩거리고 고설란의 얼굴은 붉게 달
아올랐다. 치마가 미처 덮지 못한 장두백의 벗은 엉덩이가 보
였다.

"아들… 왔니?"

현을 퉁기는 고설란의 긴 손가락이 삐끗하며 날카로운 소
리가 났다. 귀에 거슬려 설백천은 문을 닫았다. 닫히는 문 틈
사이로 절정에 다다른 장두백의 신음이 들렸다.

설백천은 방에서 검을 가지고 마당으로 나와 갈기 시작했
다. 거친 숫돌로 날을 세우고 고운 숫돌로 날카로움을 더했
다. 저물어가는 햇살이 검날에 부딪쳐 반짝였다.

엄지로 검을 스치듯 문질렀다. 쉽게 살을 파고든 검이 피를
머금었다. 설백천은 검을 휘둘러 피 한 방울을 털어낸 후 고
설란의 방문을 열었다.

방사를 끝냈는데 둘의 자세는 처음과 같았다. 장두백의 왼
손은 고설란의 가슴을 더듬었고 오른손에는 술잔이 들려 있
었다.

"사부. 나와."

장두백은 작은 눈을 더욱 가늘게 뜨고 설백천을 봤다.

"검을 들고 나를 부른다. 큭큭큭! 오늘이냐?"

“응. 그냥 오늘 끝내려고.”

“너무 이르지 않느냐?”

“오히려 한 달쯤 늦었지. 혹시 사부가 내게 실력을 숨기고 있는 건 아닌가 의심했었거든.”

장두백은 술잔을 내려놨다.

“지금 내 실력이면 네가 이길 수 있단 말이냐?”

“그걸 알고 싶은 거야.”

고설란이 일어났다.

“내가 당신 아들을 죽여도 된다는 거야?”

무표정한 얼굴로 장두백을 본 고설란은 술을 따라서 입안에 머금었다. 그리고 장두백과 입을 맞춰 그 술을 흘려 넣어 주었다. 그녀가 살풋 웃으며 장두백의 뺨을 가볍게 두드렸다.

“그동안 수고했어.”

보료에 앉은 고설란이 어서 나가라고 손짓을 했다.

“둘 다 미쳤군.”

장두백은 벽에 세워진 검을 들고 마당으로 내려섰다. 그의 입가에는 여유로운 웃음이 매달려 있었다.

“내가 다섯 번째 사부였지?”

설백천이 단조로운 목소리로 대답했다.

“여섯 명 째. 한 명은 사흘 만에 죽어서 대부분 모르지.”

장두백이 검을 뺐다.

"넌 여섯 달 후 왕거붕을 죽인 다음에 해결하려고 했는데."

설백천의 입가에 비웃음이 걸렸다.

"사부는 그때까지 살아남지도 못해. 어떻게든 왕거붕이 죽일 테니까."

"왕거붕에게 죽을 것 같았으면 벌써 죽었지."

"그리 생각하는 게 편하다면, 저승길 가는데 머리 어지러울 필요는 없겠지."

"건방진 놈!"

단숨에 설백천과의 거리를 좁힌 장두백이 검을 횡으로 휘둘렀다. 검이 대기를 가르는 소리가 벌 떼의 날갯짓처럼 들렸다. 설백천은 물러서지도, 검을 막지도 않았다. 다가오는 장두백을 향해 검을 쭉 뻗었다. 이대로 진행된다면 서로의 검에 죽을 수밖에 없었다.

"미친놈!"

장두백은 허리를 향해 휘두르던 검을 거둬 설백천의 검을 막았다.

차앙!

맑은 소리와 함께 밀려났던 설백천의 검은 더 빠른 속도로 장두백의 가슴을 위협했다. 장두백은 물러날 수밖에 없었다. 싸움에서 기선은 승패를 결정하는 데 칠 할의 영향을 미친다. 장두백이 설백천을 가르칠 때 가장 처음 했던 말이다.

장두백은 정신없이 물러서며 설백천의 공격을 막기에 바빴다. 찌르는 건 날카로웠고 휘두르는 공격은 빨랐다. 장두백은 설백천이 치기를 부리는 것이라고 생각했고 따끔하게 혼을 내줄 작정이었다.

죽음을 입에 담을 때조차 설백천을 죽일 생각은 없었다. 그러면 고설란의 달콤한 육체를 포기해야 하기 때문이다. 하지만 설백천은 장두백의 예상보다 훨씬 강했다.

검을 쳐내는 것조차 버거워 힘에서도 밀렸다. 변변한 공격조차 해보지 못한 장두백은 밀리고 밀려서 결국 등이 벽에 닿았다. 이젠 물러날 곳도 없었다.

두 개의 검이 연신 부딪치며 자잘한 쇳가루를 날렸다. 그리고 한 개의 검이 옆으로 밀려나고 그 자리를 검이 파고들었다. 쭉 뻗어진 검은 장두백의 왼쪽 가슴에 닿았다.

팔을 내려뜨린 장두백은 움직임을 멈췄다.

"그래. 네 무공이 높은 건 인정하지. 내가 더 이상 가르칠 건 없다."

장두백은 검이 치워지기를 기다렸다. 하지만 팔을 쭉 뻗은 설백천은 물러설 기미를 보이지 않았다.

"이놈아, 패배를 인정했으니……."

장두백은 말을 멈췄다. 가슴의 격통, 불에 달군 쇠의 뜨거움 같기도 하고 고드름의 시린 감각 같기도 한 고통이 살을 파고들었다. 입을 쩍 벌린 장두백은 가슴을 파고든 검을 내려다봤다. 그의 입은 연신 '왜?'라는 글자를 만들어냈지만 목소리로 나오지 못했다.

설백천은 장두백을 죽이는 이유를 말해주지 않았다. 특별한 이유가 없기 때문이다. 싸워서 지면 죽는다. 그가 악인도에서 태어나 십칠 년 일곱 달을 살며 얻은 철칙이다.

검을 빼자 장두백은 고깃덩이가 되어 쓰러졌다. 몸에서 빠져나온 피가 바닥을 흘러 신발에 닿았다. 설백천은 피를 피해 뒤로 물러섰다.

"싱겁게 끝났구나."

고설란의 음성은 습기 가득한 여름의 한낮처럼 나른했다. 설백천은 장두백의 시체를 끌고 집을 나섰다.

"빨리 와라. 축하주는 마셔야지."

또 한 명의 사부를 죽였다. 축하할 일인가? 어쩌면. 사부는 죽고 그는 살아남았으니.

장두백의 피가 붉은 꼬리처럼 긴 자국을 남겼다. 지나는 사람들이 멀찌감치 비켜서서 그 모습을 지켜봤다. 악인도에서 살인은 특별한 게 아니다.

하지만 설백천이 장두백을 죽인 건 다른 의미였다. 현 도주인 왕거붕에게 가장 위협적인 도전자가 장두백이었으니 말이다. 이제 누가 다음 대 도주인지 모두들 확실히 깨달았을 것이다.

　사람들이 가장 많이 모인 시장을 지나쳐 온통 바위로 덮인 언덕 두 개를 넘자 절벽이 나왔다. 백 장 높이의 절벽을, 바다는 하얀 거품을 물고 연신 때려댔다. 설백천은 제물이라도 바치는 것처럼 시체를 바다에 던졌다. 바닷속으로 잠긴 시체는 다시 떠오르지 않았다. 잘게 부서지는 포말보다 훨씬 작은 조각으로 분해되었을 것이다.

　설백천은 태양이 기울기 시작한 바다를 물끄러미 봤다. 푸른색의 먼 바다는 땅처럼 움직임이 없었다. 저 건너 어딘가에 그가 태어나서 한 번도 가보지 못한 육지가 있을 것이다.

　육지. 사람들이 천국을 바라는 것처럼 설백천은 육지를 동경한다. 언젠가는 반드시 가야 할 곳이다. 이곳에서 도주로 늙을 생각은 없었다.

　절벽의 일부처럼 한참 동안 바다를 보던 설백천은 빨리 오라는 고설란의 말을 기억해 내고 집으로 향했다. 그녀는 약속대로 새로운 안주에 새로운 술을 준비해 놓고 있었다. 옷도 갈아입었다.

　앉아 있는 고설란이 자신의 허벅지를 손바닥으로 두드렸다. 설백천은 그녀의 허벅지를 베고 누웠다. 유난히 하얀 그녀의 손이 설백천의 얼굴을 쓰다듬었다.

　"수염 깎을 때가 됐구나."

그녀는 술을 따라 그의 입으로 흘려 넣어주었다. 입술 바깥으로 흐른 술이 솜털 같은 수염에 걸렸다. 손으로 술을 닦아준 그녀가 고개를 숙였다.

이마에 닿은 코가 점점 얼굴 아래로 내려왔다. 그녀의 숨결이 얼굴 전체를 쓰다듬으며 지나갔다.

"네게서는 네 아버지의 냄새가 나는구나."

이미 열 번도 더 들은 얘기다.

'네 아버지는 악인도의 쓰레기들과는 다른 사람이다.'

"네 아버지는 악인도의 쓰레기들과는 다른 사람이다."

다음 나올 말도 외울 수 있었다.

"복주권문(福州拳門)의 소문주였다. 복건성(福建省)에서 권으로 이름을 떨치고 있는 명문대파(名門大派)지. 내가 이곳에 오지 않았다면 넌 그곳에서 지금쯤 무공을 익히고 있을 텐데. 악인도를 나가면 꼭 찾아뵙고 인사를 드려야 한다."

그 뒤로도 익숙한 얘기가 이어졌다. 그녀가 복건성에서 얼마나 유명한 예기(藝妓)였는지, 그래서 설백천의 아버지가 그녀를 얼마나 예뻐했는지. 좋은 시절을 회상하는 고설란의 눈은 언제나 꿈을 꾸는 것처럼 몽롱했다.

"그 늙은 관리가 내 배 위에서 죽지만 않았어도… 휴우―!복상사(腹上死)가 내 탓은 아니잖아. 그렇지?"

설백천은 여느 때처럼 고개를 끄덕여 줬다. 같은 얘기를 여러 번 들어도 지루하지 않았다. 그냥 이렇게 고설란의 무릎을 베고 있다는 사실만으로 좋았다.

"악인도로 유배 올 때만 해도 차라리 죽는 게 나을 거라고 생각했는데……."

그녀는 설백천의 이마에 자신의 이마를 갖다 댔다.

"살아서 널 낳은 게 얼마나 다행인지 몰라."

설백천은 고설란의 머리 뒤에 손을 얹고 고개를 위로 젖혔다. 그녀의 숨결이 코끝을 간질였다. 아무것도 바르지 않았는데도 윤기 나는 붉은 입술은 설백천의 오랜 갈망이다.

하지만 고설란은 손을 밀어내고 허리를 폈다. 오늘도 그녀는 그의 소망을 외면했다.

"소미(少美) 엄마나 찾아가야겠네."

"뭐? 청(淸)이 그 계집애하고 잤단 말이야?"

"네 달 전에."

"오호, 우리 백천이가 벌써 총각 딱지를 뗐단 말이지?"

"이 년 전에 뗐지."

"누구였는데?"

"비밀."

고설란이 간지럼을 태웠다.

"말해! 누구야!"

간지럽지 않았다. 하지만 설백천은 웃어주었고, 몸부림쳐

주었고, 그녀를 껴안아주었다. 고설란은 뒤에서 안은 설백천
의 손을 잡고 말했다.

"이 섬에서 꼭 나가야 해. 넌 여기서 썩기에는 너무 아까운
인물이야."

＊　　＊　　＊

몇 명이서 쏟아놓은 토사물 냄새가 시큼한 악취를 풍겼다.
철창의 구석에 앉아 있던 쉰 남짓의 사내가 또 속의 것을 토
해내자 동고식이 버럭 소리를 질렀다.

"이런 씨팔! 그만 좀 해!"

토를 한 초로인이 지지 않고 고함을 쳤다.

"뱃멀미가 내 맘대로 되는 거냐!"

"저 늙은이가 뒈지려고!"

유재영은 철창의 모서리에 기대서 천장 틈 사이로 들어오
는 햇빛만 보고 있었다. 칼날처럼 날카로운 햇빛 사이로 먼지
가 살아 있는 생물처럼 부유하고 있었다. 동고식과 중늙은이
의 싸움은 이제 여러 개의 고성으로 변했다. 하지만 누구도
일어서서 몸으로 해결하려고 하지는 않았다. 두려운 것이다.

도둑, 강도, 사기꾼, 강간범… 십 년은 넘게 감옥에 있어야
하지만 사형은 가혹한 자들. 그들이 가는 곳이 악인도다. 그

런데 따지고 보면 그리 악인도 아니다. 세상에 수십 명을 도륙한 인간이 얼마나 많은데.

유재영은 소리를 치고 있는 자들을 훑어보았다. 땀에 젖어 번들거리는 얼굴, 불안하게 떨리는 충혈된 눈, 입에서 튀어나온 침은 햇빛을 받아 반짝였다.

절망으로 향하는 자들의 모습이었다. 그러나 그에게 악인도는 죽음을 피하기 위한 피신처였고, 나비로 다시 태어나 훨훨 날 수 있는 기회의 땅이었다.

앞으로 오 년이면 유재영은 세상을 호령할 강력한 인간으로 태어날 수 있었다. 그때 지금 그를 쫓는 자들은 모두 발아래 무릎을 꿇고 목숨을 구걸하게 될 것이다.

철창 안에 갇힌 서른 명의 사람 중 웃고 있는 사람은 그뿐이었다.

끼이익―!

머리 위쪽에서 문이 열리는 소리가 들렸다. 역광 때문에 그저 검은 형체로만 보이는 관원이 소리쳤다.

"거의 다 도착했으니 내릴 준비해라!"

*   *   *

"간수병(肝受病)하면 즉목불능시(則目不能視)하고, 신수

병(腎受病)하면 즉이불능청(則耳不能聽)하나니, 병(病)은 수어인소불견(受於人所不見)하여 필발어인소공견(必發於人所共見)이라. 고(故)로 군자(君子)가 욕무득죄어소소(欲無得罪於昭昭)여든 선무득죄어명명(先無得罪於冥冥)하라.”

천인조(天仁趙)는 앞에 앉은 일곱 명의 아이에게 물었다.

“이게 무슨 뜻인지 알겠느냐?”

열 살에서 열다섯 살의 여자아이들은 서로 눈치만 봤다. 천인조는 속으로 답답한 한숨을 쉬었다. 다섯 번이나 가르쳤는데, 그야말로 우이독경(牛耳讀經)이었다. 그때 왼쪽에서 목소리가 들렸다.

“간이 병들면 눈이 멀게 되고 콩팥이 병들면 귀가 들리지 않는다. 병은 볼 수 없는 데서 생긴 다음 사람이 볼 수 있는 곳에 나타난다. 그러므로 밝게 보이는 데서 죄를 짓지 않으려면 먼저 사람이 보지 않는 곳에서부터 죄를 짓지 말아야 한다. 채근담(採根譚)에 나오는 말이잖아. 이 돌대가리 계집애들아.”

열다섯 살짜리 ‘돌대가리 계집’ 세 명이 환한 웃음과 함께 벌떡 일어났다.

“백천아!”

지게를 진 설백천이 천인조를 향해 손을 들었다.

“천 사부(天師父). 오랜만이야.”

설백천은 벽도 없이 기둥에 지붕만 있는 학당(學堂) 안으로 쑥 들어왔다.

"왜 그동안 학당엘 나오지 않은 것이냐?"

"배울 필요가 있어야지."

"사람이 태어나서 죽을 때까지 배움의 길은 끝이 없는 법이다."

"사서삼경(四書三經)에 예기(禮記)하고 춘추(春秋)까지 다 떼었는데, 대체 이게 다 무슨 소용이야? 칼질, 도끼질 한 번 더 하는 게 낫지."

일장연설을 늘어놓으려던 천인조는 그저 긴 한숨으로 말을 삼켰다. 아쉬운 건 설백천이 이곳 악인도에 갇혀 있다는 것이었다. 나이 열일곱에 사서삼경과 예기 춘추까지 뗀 인재가 세상에 어디 흔하겠는가 말이다.

"배울 필요 없다는 녀석이 여긴 웬일이냐?"

"나무하러 가다가 얼굴이나 볼까 하고. 내가 장두백 죽였다는 소문은 들었지?"

소소미(蘇少美)가 날름 대답했다.

"들었지! 큭큭큭… 도주가 똥줄깨나 타겠는걸."

웃던 그녀는 갑자기 시무룩해졌다.

"하지만 넌 도주에 도전하려면 다섯 달이나 남았잖아. 난 세 달 후면 열여섯 살이 되는데, 그러면……."

소소미가 갑자기 설백천의 팔을 잡았다.

"가자!"

그녀는 설백천을 끌고 학당 밖으로 나갔다. 소소미와 함께 일어섰던 고춘심(高春心)과 오월아(吳月兒)가 이구동성으로 소리쳤다.

"야! 어디 가!"

소소미는 대답 없이 무작정 설백천을 잡아끌었다. 설백천은 소소미와 떠나면서 천인조에게 말했다.

"장두백 없으니까 집에 한번 들러! 엄마가 은근히 보고 싶어 하는 눈치니까!"

"쓰… 쓸데없는 소리를……."

악인도는 바닷가를 접한 곳과 섬 중앙에 있는 천운산(天雲山) 정상의 연못 근처만 빼면 온통 나무가 빼곡하게 들어차 있었다. 그래서 반각도 걸음을 옮기기 전에 나무가 울창한 곳에 다다랐다.

설백천에게서 지게를 벗긴 소소미는 설백천을 아름드리나무로 밀었다.

"왜 이래?"

소소미의 눈썹 끝이 위로 올라갔다.

"몰라서 그래? 세 달 후면 열여섯 살이라고. 그게 무슨 의미인지 몰라?"

"도주가 원하면 널 가질 수 있다는 거지."

악인도에서 태어난 여자아이가 열여섯 살이 되면 첫날밤을 자신의 의지와 상관없이 도주와 치러야 한다. 절대권력을 가진 자의 특권 중 하나였다.

"난 왕거붕 싫단 말이야!"

"싫어도 어쩔 수 없잖아."

소소미는 설백천에게 몸을 밀착시켰다.

"내가 원하는 건 너야. 그것도 바로 지금."

"그러다 들키면 어떻게 되는지 몰라?"

법을 어긴 자는 죄의 경중(輕重)을 떠나 무조건 사형이다. 그게 싫다면 악인도에 사는 삼백 명 모두와 싸워야 한다. 비록 악법(惡法)이라도 지켜지고 있기에 악인도가 그나마 유지되고 있는 것이다.

"아무도 모르면 되잖아."

소소미의 숨결은 목을 타고 턱으로 올라왔고, 손은 옆구리의 맨살을 더듬었다. 잠시 옆구리를 헤맨 그녀의 손이 바지 안으로 파고들어 설백천의 엉덩이를 더듬었다. 노숙한 여인처럼 자연스러운 손길이었다.

"많이 해본 솜씬데?"

소소미가 설백천의 아랫입술을 살짝 핥았다.

"그동안 본 게 있는데."

하긴 소소미의 엄마 소청(蘇淸)은 악인도에서 두 번째로 인기가 좋은 여인이었고, 그만큼 많은 남정네들이 찾아갔다.

"혹시 나하고 네 엄마하고 한 것도 본 거야?"

소소미의 입술이 설백천의 입술을 지나 귓불에 닿았다.

"특히 유심히 봤지."

매끈한 혓바닥이 귀를 간질이고 부드러운 손은 허벅지를 지나 점점 앞쪽으로 이동했다. 설백천의 입에서 나오는 호흡이 거칠어졌다.

설백천의 윗도리 앞섬을 벌린 소소미는 입술을 아래쪽으로 움직였다. 목을 잠시 희롱하다가 내려와서 가슴을 헤매던 혀는 작은 유두를 간질였다. 나무에 기대 눈을 감은 설백천은 그저 서 있었다. 그녀의 애무를 조금 더 즐기고 싶었다.

한참 유두를 희롱하던 혀가 탄탄한 배를 타고 내려왔다. 배꼽 주위를 배회하더니 아래로 이동하면서 바지도 함께 내려갔다.

"엄마가 그러는데 내 입술이 남자 거기를 잘 빨게 생겼대."

두툼한 입술 때문에 그리 말했을 것이다. 설백천의 입에서 갈라진 목소리가 나왔다.

"정말인지 내게 보여줘."

소소미의 머리가 아래쪽으로 사라졌다. 욕정의 파도가 두 사람을 완전히 삼키려고 할 때였다.

뿌우우—!

그 소리에 설백천은 화들짝 놀랐다. 산 정상에서 들리는 뿔나팔 소리는 새로운 죄수들이 들어온다는 신호였다.

비로소 이성이 색욕의 바다에 빠진 설백천에게 손을 뻗었다.

"오늘은 여기까지."

소소미는 밀어내는 설백천의 목에 매달려 떨어지려 하지 않았다.

"이대로 갈 수는 없어."

"가야 해. 사부가 될 사람이 있을지도 모르니까."

"넌 새 사부가 필요 없을 정도로 충분히 강하잖아? 그러지 말고 나랑……."

설백천은 소소미를 거칠게 떼어냈다.

"지금은 말고 나중에."

바지를 추스른 설백천은 붙잡는 소소미를 떨치고 바닷가로 내달렸다.

＊　　　＊　　　＊

범선 옆구리에 매달린 줄사다리는 흐느적거렸고, 조각배는 불안하게 흔들렸다. 첫 번째 조각배에 열 명이 채워지자 범선과 연결되어 있던 갈퀴 달린 장대가 떨어졌다. 조각배는 제자리에서 반 바퀴 회전하더니 범선에서 멀어져 악인도가 있는 쪽으로 멀어졌다. 바다는 잔잔한데 노라도 젓고 있는 것처럼 빨랐다.

다시 한 척의 조각배가 준비되고 또 열 명이 그곳에 올라탔다. 이번에도 배는 악인도에서 끌어당기기라도 하듯 그렇게 움직였다.

이제 유재명이 탈 조각배가 준비되었다. 멀리 보이는 악인도는 원래 이름, 상청도에 어울리는 푸른 숲으로 덮여 있었다. 평화로워 보였다.

절대 탈출할 수 없다고 알려진 곳. 그러나 유재영은 저승이 아닌 이상 탈출이 불가능한 곳은 없다고 믿었다. 세상의 소문을 믿었다면 쫓는 자들이 아무리 끔찍해도 스스로 들어가지는 않을 것이다.

"빨리 움직여라! 빨리!"

관원들이 창 자루로 죄수들 등을 찔러 재촉했다. 유재영이 마지막이었다. 그가 배의 난간을 잡고 줄사다리에 한 발을 걸칠 때 관원 둘의 대화가 들렸다.

"한 척이라도 제대로 갈 수 있을까?"

"모르지. 네 척이 전부 몰살한 적도 많았으니."

유재영은 내려가던 움직임을 멈췄다.

"뭐라고? 악인도에 가기 전에 죽을 수도 있다고?"

젊은 관원의 입가에 비릿한 웃음이 걸렸다.

"감옥 밥도 아까워서 악인도로 보내지는 놈들이니 그 정도는 각오해야지."

그가 악인도로 가는 건 오 년이라는 세월을 벌기 위해서다. 배를 타고 가다가 죽는 것은 계산에 들어 있지 않았다.

"빌어먹을 자식들! 진즉 알려줬어야지!"

다시 올라가려는데 창이 목 앞에 놓였다.

"내려가라."

"으아악―!"

뒤에서 비명이 들렸고 고개를 돌리자 가장 먼저 출발했던 배가 요동을 치는 게 보였다. 파도는 높지 않았다. 그런데도 배는 비 오는 날 호수의 가랑잎처럼 흔들렸다. 목에 금속의 섬뜩한 느낌이 전해졌다.

"여기서 목에 구멍이 뚫려 죽고 싶으냐?"

선택의 여지가 없다는 건 더러운 현실이다. 유재영은 사다리를 내려갔다. 귀를 때리는 비명과, 수갑과 족쇄의 철렁거리는 소리가 한데 엉키며 기분 나쁜 예감을 안겨줬다.

그가 배에 발을 딛자마자 장대가 떨어지며 조각배가 움직였다. 반 바퀴를 회전한 배는 미끄러지듯 수면 위를 내달렸다. 잔잔한 수면과는 달리 바다 아래는 소용돌이가 치고 있었다. 발바닥에 전해지는 진동으로 알 수 있었다.

직선으로 미끄러지던 배가 드디어 좌우로 흔들리기 시작했다. 그러자 비명이 터지면서 모두 배의 한쪽 난간을 잡았다. 수갑 때문에 양쪽을 잡을 수가 없었다.

"한쪽으로 몰리지 마!"

하지만 유재영의 외침은 아무 효과도 내지 못했다. 배는 금방이라도 뒤집힐 것처럼 기울었다가 패대기치는 걸 반복했고, 배에 부딪친 바닷물은 그들을 덮쳤다.

콰앙!

요란한 소리와 비명이 함께 울렸다. 먼저 출발했던 두 척의 배가 무질서한 움직임 속에서 부딪쳤다. 잔잔한 호수에 띄우기에도 불안한 낡은 배였으니 충돌을 견딜 수 있을 리 없었다.

부서진 배는 금세 가라앉았고 물에 빠진 자들은 허우적거릴 사이도 없이 수면 아래로 사라졌다. 그들은 헤엄조차 칠 수 없었다. 비단 손발이 묶인 탓만은 아닐 것이다. 살아남은 자들의 비명이 더욱 높아졌다.

"멍청이들아! 정신 차려!"

하긴 저들이 정신을 차린다고 뾰족한 수가 생기는 건 아니었다. 유재영은 배가 왼쪽으로 기울면 오른쪽에 힘을 주고 뒤로 기우는 것 같으면 재빨리 앞으로 가서 무게를 맞추려고 노력했다. 그마저 중심을 잃고 쓰러지는 순간 배는 뒤집히게 될 것이다.

폭풍우도 없고 파도도 높지 않은 바다에서 배는 요동을 치고 있었다. 끔찍한 시간은 끝나지 않을 것처럼 이어졌다. 이럴 줄 알았으면 악인도를 택하는 일은 없었을 것이다. 바가지로 퍼붓는 듯한 바닷물은 햇빛을 받아 반짝였다. 그것이 이 세상에서 마지막으로 보는 광경일 줄 알았다.

그런데 어느 순간 격렬한 움직임이 거짓말처럼 멎었다. 눈에 보이는 잔잔한 바다처럼 그들의 배 또한 흔들리지 않았다.

"어서 저쪽으로!"

동고식이 이십 장 저쪽에 있는 백사장을 향해 손가락질을 했다. 그들은 배 바깥으로 양손을 내밀어 부지런히 젓기 시작했다. 천천히 이동한 배가 모래 턱에 걸려 멈췄다. 그들은 누가 쫓아오기라도 하는 것처럼 배를 빠져나가 모래에 발을 디뎠다. 모두의 입에서 생을 이을 수 있다는 안도의 한숨이 쏟아졌다.

가장 늦게 배를 빠져나온 유재영은 주위를 둘러봤다. 백사장의 폭은 오 장 정도로 넓지 않았고 바다와 맞닿은 길이도 오십 장 남짓으로 보였다. 백사장 저쪽은 짙은 숲으로 덮여 있었다.

숲 안쪽에서 부스럭거리는 소리가 났다. 깜짝 놀란 열 명의 죄수는 재빨리 일어섰다. 죽음의 문턱에서 발을 뺀 그들의 신경은 날카로워져 있었다.

풀을 베는 듯한 소리가 들리더니 사람이 나타났다. 고작 사내 두 명에 개 한 마리였다. 개는 오래전에는 늑대였을 게 분명한 생김새를 가지고 있었다. 녀석은 낮은 성대의 울림으로 낯선 자들을 경계했다.

"열 명이라. 나쁘지 않군."

칼을 오른쪽 어깨에 얹은 장한은 그들을 쭉 훑어봤다. 그리고 유일한 여자에게 시선이 고정되었다. 이십대 중반쯤 되어 보이는 그녀는 꽤나 반반한 얼굴이었다. 구정물이 흐르는 얼굴에 악취까지 풍기는데도 반반한 용모니 씻기고 나면 어디 내놔도 빠지지 않는 외모일 것이다.

장한이 웃자 누런 이빨이 드러났다.

"흐흐흐… 횡재했구나. 도주님께 허락받아 오기를 정말 잘했네."

장한은 어슬렁거리는 걸음으로 다가왔다. 양 떼를 앞에 둔 늑대 같은 포식자의 여유로움이 느껴졌다.

"난 도인고다. 쟤는 한주찬. 너희의 생명줄을 쥐고 있는 사람들이지."

"풰! 씨발, 누가 너희한테 내 목숨을 맡긴다고 하더냐?"

어김없이 동고식이 어깃장을 놨다. 감옥 안에서 센 척했던 모습을 여기서도 보이고 있지만 좋은 생각은 아니었다. 도인고가 동고식에게 다가갔다.

"가끔 너처럼 똥오줌 구별 못 하는 놈들이 있지."

"그래서? 기저귀라도 줄 거냐? 좆도 아닌 것들이 여기 먼저 왔다고 텃새 부리는 모양인데…!"

아무 예고도 없었다. 도인고는 들고 있는 칼을 휘둘렀고 동고식은 비명도 지르지 못했다. 칼이 지나간 목에 붉은 선이 그어지더니 머리가 백사장 위에 툭 떨어졌다. 동고식 대신 여인이 비명을 질렀다.

날카로운 여인의 목소리 사이로 동고식의 음성이 파고들었다.

"또 하고 싶은 말 있는 놈 있나?"

아무도 명을 재촉하려고 하지 않았다. 흡족한 표정을 지은 도인고가 한주찬에게 말했다.

"데리고 가라. 저 여자는 남겨놓고."

"뭐야? 혼자 재미 보겠다고?"

"여자가 있으면 먹어도 된다는 허락을 받은 사람은 나야."

"그건 우리 둘한테 다 해당되는 얘기지."

"알았어, 새끼야. 내가 오래 걸린다고 투덜거리지 마라."

"나 꼴리기도 전에 끝내지나 마라."

도인고가 여인을 향해 다가갔다. 여인은 주춤주춤 물러나며 간절한 눈길로 여덟 명의 남자에게 도움을 청했다. 하지만 타인을 위해 목숨을 거는 사람이라면 애초에 악인도에 오지도 않았을 것이다. 물론 유재영도 여인을 도울 생각은 없었다. 도인고와 한주찬이 무서운 게 아니라 악인도가 돌아가는 상황을 완전히 파악할 때까지는 얌전히 있는 게 좋았다.

칼을 아무렇게나 뒤로 던진 도인고가 다가가자 여인이 물러섰다. 도인고가 서두르지 않자 한주찬이 소리쳤다.

"새끼야! 도주님 기다리잖아! 빨리 좀 해!"

"지가 꼴리니까."

느긋하게 움직이던 도인고가 크게 뛰더니 여인의 가슴을 걷어찼다. 외마디 비명을 지른 여인이 뒤로 벌러덩 넘어졌다. 입고 있던 치마가 훌렁 젖혀지며 분홍색 속옷이 드러났다.

"쓸모없는 걸 입고 다니는구나. 흐흐흐……."

도인고는 여인의 속옷을 잡아채서 벗기더니 자신 또한 바지를 벗었다. 보는 눈이 이처럼 많은데도 거침이 없었다. 여인은 묶인 팔다리로 반항을 해보지만 우악스런 도인고를 당해낼 수는 없었다.

"이년아! 조용히 해!"

주먹이 연거푸 여인의 얼굴을 때렸다. 폭력은 아랫도리를 드러낸 여인을 금세 잠잠하게 만들었다.

"얌전히 있으면 서로 좋잖아."

　도인고는 자신의 하물을 한 손으로 잡고 여인의 아랫도리로 밀어 넣었다. 잘 들어가지 않는 듯 실룩거리는 엉덩이가 우습게 보였다. 행여 웃음이 터져서 저들의 신경을 건드릴까 봐 유재영은 바다로 고개를 돌렸다. 햇빛을 품은 바다가 하얀 고기 떼를 거느린 것처럼 반짝였다.

　컹! 컹!

　갑자기 개가 짖었다.

　새로운 누군가 나타난 모양이다. 유재영은 개가 짖는 쪽으로 시선을 돌렸지만 보이는 건 백사장과 숲뿐이었다. 하지만 개는 뒷걸음을 치면서 계속 짖어댔다.

　"저 개새끼가 왜 지랄이야?"

　열심히 허리를 놀리는 도인고의 물음에 한주찬이 신경질적으로 대답했다.

　"내가 어떻게 알아?"

　짖어대는 개의 꼬리가 가랑이 사이로 말려들어 갔다. 저것은 겁을 먹은 개들의 전형적인 모습이다. 늑대의 피를 이어받은 개가 겁을 먹을 정도면 범이라도 나타난 건가? 하지만 여전히 보이는 건 없었다.

　목청을 높이던 개가 돌아서더니 냅다 도망치기 시작했다.

　"야! 개새끼야! 이리 안 와!"

　쫓아가려던 한주찬이 걸음을 멈추더니 개가 짖던 방향으

로 시선을 돌렸다.

"설마……."

<u>스스스스</u>…….

무슨 소리가 들리는 것 같다. 그리고 백사장의 일부가 불룩 솟아올랐다.

"인고야! 야귀(夜鬼)다!"

"헉! 헉! 이 시간에 야귀가……."

도인고의 허리놀림이 멈췄다. 그리고 뒤쪽으로 고개가 돌아갔다.

"설마 광야귀(狂夜鬼)?"

백사장이 솟아오르며 다가오는 것을 피해 한주찬은 이미 도망치고 있었다. 덩달아 다른 자들도 한주찬을 따라 도망쳤다. 하지만 유재영은 아직 도주를 택하지는 않았다. 실체도 모르는 것에 겁먹어서 무작정 도망을 치는 건 최소한의 자존심조차 버리는 것이다.

도인고도 몸을 일으켰다. 이제 막 여인의 몸을 빠져나온 하물은 어느새 힘을 잃고 축 늘어져 있었다. 지금 그가 느끼고 있는 두려움을 아랫도리가 대신 말해주고 있었다.

불룩 솟아오른 채 다가오던 모래가 갑자기 폭발하듯 사방으로 퍼져 나갔다. 그리고 그 안에서 시커먼 무언가가 튀어나왔다. 그것은 정말 '무언가'로밖에 말할 수 없었다.

거대한 몸뚱이는 칠 척에 달했고 덩치는 곰을 보는 것 같았다. 그리고 흑철(黑鐵)처럼 새까맣고 윤이 나는 피부를 가지고 있었다.

도인고는 도망치기 위해 몸을 돌렸다. 하지만 광야귀라고 불리는 그것은 도인고보다 훨씬 빨랐다. 백사장을 박차 모래를 길게 뿌린 광야귀는 단숨에 오 장을 뛰어서 도인고를 덮쳤다. 광야귀는 송곳니가 한 뼘이나 튀어나온 입을 한껏 벌려 도인고의 머리를 삼켜 버렸다.

꽈드득!

단단한 엿을 씹는 것 같은 소리가 울리고 머리를 잃은 몸뚱이는 백사장에 처박혔다. 꽈드득 꽈드득 계속 소리가 울렸다. 광야귀의 커다란 입에서 피와 함께 뼛조각이 튀어나왔다.

유재영은 다른 자들과 함께 도망가지 않은 것을 후회했다. 사람의 형상이다. 두 개씩 달린 팔과 다리, 가슴은 탄탄하고 남자 같은데 가랑이 사이에 달린 건 없이 매끈했다. 송곳니만큼이나 긴 까만 손톱은 강철처럼 강해 보였다. 뻣뻣하게 솟구친 머리칼조차 위험하게 느껴졌다. 그리고 눈. 흰자위 없이 온통 검은색의 눈은 절로 두려움을 안겨줬다.

뒷걸음치던 유재영의 눈에 누워서 꼼짝도 하지 못하고 있는 여인이 걸렸다. 구할 수 있으면 구하겠지만 무리하게 목숨을 걸 생각은 없었다.

유재영은 몸을 돌려서 뛰었다. 광야귀가 여인을 먹느라 시간을 끌어주기를 바랐다. 하지만 광야귀는 늘어져 있는 먹이보다 살아서 펄떡거리는 먹이에 더 관심을 가지는 모양이다.

"꺄우우—!"

괴성을 지르며 광야귀가 쫓아왔다.

"제길!"

족쇄가 채워진 발에 푹푹 빠지는 백사장은 경공을 발휘할 여지조차 주지 않았다. 반면 광야귀는 시위를 떠난 화살처럼 빠르게 쫓아왔다. 살기 위해 들어온 악인도가 이렇게 험난할 줄이야!

광야귀의 괴성이 뒷덜미를 잡아채듯 가까이 들렸다. 고개를 돌리자 하얀 송곳니가 시야 가득 들어왔다. 깜짝 놀란 유재영은 왼쪽으로 몸을 날렸다. 광야귀가 어깨 위를 아슬아슬하게 스치고 지나갔다.

백사장으로 떨어져 하얀 모래를 사방으로 날린 광야귀가 다시 달려들었다. 등을 보이고 도망친다는 건 죽음을 향해 뛰어드는 것이나 마찬가지다.

손발은 양쪽으로 벌릴 수 있는 넓이가 고작 한 자밖에 되지 않았다. 머리뼈를 통째로 씹어 먹는 힘이나 단숨에 오 장을 뛰어넘는 움직임을 보면 묶여 있지 않아도 상대하기 힘든 괴물이었다.

"호랑이 아가리로 머리를 집어넣은 꼴이군."

유재영은 무릎을 살짝 구부리고 팔을 가슴 앞에 모았다. 광야귀가 괴성을 지르며 달려들었다. 목표는 그의 머리였다. 뱀처럼 신축성 좋은 입이 쩍 벌어지면서 악취가 풍겼다. 유재영은 뒤로 몸을 눕히면서 짓쳐오는 광야귀의 턱을 향해 발을 내질렀다.

발등에 턱이 제대로 걸렸다. 사람 같으면 깨지고도 남을 충격이었지만 유재영은 어림없다는 걸 감각으로 알 수 있었다. 마치 모래가 가득 든 가죽주머니를 찬 것 같은 느낌이었다.

역시 잠깐 주춤했을 뿐 광야귀는 누워 있는 유재영을 향해 팔을 휘둘렀다. 황급히 몸을 굴리는 그의 얼굴을 자잘한 모래가 마구 때렸다. 일어서서 무작정 뒤로 몸을 날렸다. 가슴 앞으로 지나가는 손톱의 날카로움을 느낄 수 있었다.

얼굴에 묻은 모래를 털어낸 유재영은 덮쳐오는 광야귀의 아래로 파고들면서 손으로 가랑이 사이를 때렸다. 아무것도 달리지 않았지만 남자라면 절대 단련할 수 없는 곳이다. 그러나 아무것도 달리지 않은 이유가 있었다.

가장 단단한 머리통이라도 두드린 듯한 감촉이었고 그래서 전혀 충격을 주지 못했다. 때려서는 체력만 갉아먹을 뿐이다.

우우웅!

원숭이처럼 긴 팔이 휘둘러졌다. 뒤로 훌쩍 물러나 피하는데 환상처럼 다른 쪽 팔이 덮쳤다. 피하기에는 이미 늦어버렸다. 양쪽 팔뚝을 모아 공격을 막았다. 쇠몽둥이로 맞는 것 같은 충격이 전해지며 몸은 뒤로 훌훌 날아가 백사장에 처박혔다.

"젠장!"

팔이 욱신욱신 쑤셨다. 다행히 부러지지는 않았지만 한 번만 더 충격을 받으면 뼈가 살을 뚫고 튀어나올 것이다. 양손으로 모래사장을 친 광야귀가 그를 향해 펄쩍 뛰었다. 거의 삼 장이나 높이 떠오른 녀석은 온몸으로 유재영을 덮쳤다.

드리워지는 그림자가 급격하게 커졌다. 유재영은 광야귀가 낙하하기를 기다렸다. 거리가 여섯 자 안까지 다다랐을 때 몸을 옆으로 굴렸다. 그가 있던 자리의 모래가 폭약이라도 터진 것처럼 사방으로 흩어졌다.

유재영은 비산하는 모래를 뚫고 광야귀의 등에 올라타면서 수갑의 사슬로 놈의 목을 조였다. 손바닥을 뒤통수에 대 밀고 양쪽 발은 광야귀의 허리에 밀착시켰다. 그 상태에서 몸을 최대한 뒤로 밀었다.

쇠사슬은 광야귀 목에 단단히 고정되었다. 광야귀는 괴성을 지르며 긴 손톱이 달린 손을 뒤로 휘저었다. 머리 위로 손톱이 지나가고 어깨에 상처를 남기기도 했다. 하지만 유재영은 있는 공력을 모두 끌어올려 목을 조였다. 이 정도 힘이면 수갑의 쇠사슬이 끊어져 버릴지도 모른다.

손을 휘젓던 광야귀가 뒤로 쓰러졌다.

"크윽!"

녀석의 육중한 무게를 받치는 어깨에서 '우둑!' 하는 소리가 났다. 아프기는 했지만 견디지 못할 정도는 아니었다. 뒤로 손을 넣어 허우적거리던 광야귀는 백사장을 구르기 시작했다. 붙어 있는 것만으로도 힘든 상황에서 구르는 걸 막을 방도가 없었다.

밑에 깔릴 때마다 어깨며 골반이 불에 댄 듯한 고통을 호소했다. 아무리 힘을 써도 녀석의 움직임은 둔해질 기미를 보이지 않았다. 때리는 것처럼 목을 조이는 것도 그가 먼저 지칠 것 같았다.

정신없이 돌아가는 그의 시야에 뭔가가 잠깐 걸렸다가 사라졌다. 태양을 후광처럼 머리 위에 얹은 그것은 커다란 새 같기도 했다. 유재영이 시체가 되기를 기다리는 독수리인지도 모른다.

다시 밑에 깔리면서 하늘이 눈에 들어왔다. 그리고 잠깐 보였던 그것이 급격하게 커졌다. 사람이었다. 천상에서 하강한 것 같은 자는 머리 위로 양팔을 넘기고 있었다. 그의 등 뒤로 삐죽 튀어나온 것은 분명 도끼였다. 그 도끼가 내리쳐졌다.

그의 머리를 향해 떨어지는 것 같아 황급히 고개를 돌렸다.

퍽!

몽둥이로 고깃덩이를 치는 것 같은 소리가 울렸다. 몸이 다시 돌아갔다. 도끼를 든 사내는 잠깐 사라졌다가 머리맡에서 나타났다.

또 도끼가 휘둘러졌고 이번에는 광야귀의 이마에 꽂히는 도끼를 볼 수 있었다. 피부처럼 검은 피가 튀었다. 예의 그 괴상한 소리가 광야귀의 입에서 터져 나왔다. 녀석의 몸부림이 필사적이 되었기에 버티기가 더욱 힘들었다. 허리를 붙잡고 있던 발이 미끄러졌다.

"똑바로 잡아!"

마음대로 되는 일이 아니었다. 광야귀가 구르는 바람에 몸이 허공으로 붕 뜨더니 육중한 덩치에 제대로 깔렸다. 절로 신음이 새나왔다. 휘둘러진 도끼는 어김없이 광야귀의 이마에 틀어박혔다. 구르던 광야귀가 비로소 일어섰다. 그래서 유재영은 허리에 발을 대고 몸을 고정시킬 수 있었다.

이제 광야귀의 첫 번째 적은 유재영이 아니라 사내가 되었다. 광야귀의 머리 때문에 사내를 정확히 확인할 수 없었다. 그저 나이가 많지 않다는 것 정도만 파악할 수 있었다.

도끼를 세 번이나 맞아 머리가 깨졌는데도 광야귀의 움직임은 빨랐다. 하지만 사내는 이리저리 피하면서 간간이 반격까지 했다. 물론 이마에 도끼를 꽂지는 못했고, 그래서 광야귀는 별다른 상처를 입지도 않았다.

"매달려 있지만 말고 뭐라도 좀 해!"

유재영이 할 수 있는 게 없었다. 등에서 떨어지면 몸이 훨씬 가벼워진 광야귀의 움직임이 더욱 빨라질 것이다.

"팔다리가 자유로우면 모를까… 지금은 이게 최선이다!"

"내가 풀어줄 테니까 떨어져! 큭!"

광야귀의 손톱에 긁힌 사내의 어깨에서 피가 튀었다. 수갑과 족쇄만 없으면 싸우는 건 문제가 아니었다.

"정말… 풀어줄 수 있냐?"

"멍청아! 속고만 살았냐!"

'어린놈이 버르장머리 없이!'

유재영은 광야귀의 허리를 차고 올라 위로 숏구치며 목에서 쇠사슬을 풀었다. 뒤로 몸을 뒤집어 떨어지는 그의 시야에 사내를 향해 달려가는 광야귀의 등이 보였다. 그가 매달려 있을 때보다 훨씬 빠른 속도였다.

사내가 그를 향해 뭔가를 던졌다. 발치에 떨어진 그것은 검은색의 열쇠였다. 모양을 보니 수갑과 족쇄를 여는 열쇠와 얼추 비슷한 것 같았다.

여기에 오는 죄수들이 전부 차고 있으니 열쇠가 있다고 이상할 건 없었다. 열쇠를 집어 구멍에 넣고 돌리자 제 것처럼 잘 맞았다. 쇳덩이가 떨어지자 몸이 날아갈 것처럼 가벼웠다.

"뭐하는 거야! 풀려났으면… 빨리 도와줘야지!"

사내가 연신 밀려나며 소리쳤다. 들고 있는 도끼로는 공격할 엄두도 내지 못하고 막는 데만 급급했다.

"싸우고 있어라. 난 좀 쉬어야겠다."

유재영은 털썩 주저앉았다. 정말 휴식이 절실했다. 힘들어도 목숨을 구해준 사람이니 당장 도와주는 게 마땅하지만 지금은 자신을 먼저 생각할 때다. 그리고 보아하니 사내의 몸놀림도 상당히 빨라서 당장 죽을 것 같지는 않았다. 당장 죽는다면 어쩔 수 없는 거고.

자세히 보니 사내라고 부르기에도 어린 나이였다. 덩치가 꽤 있어서 그렇지 얼굴을 보면 많아야 열아홉. 어쩌면 열여섯 살 정도밖에 되지 않았는지도 모른다. 어쨌든 저 나이에 저 정도의 무공을 가지고 있다는 게 대단했다.

'어린애가 중죄를 지어서 유배 왔을 가능성은 희박하니 여기서 태어났겠군.'

처음 이곳 악인도가 유배지로 정해진 것이 팔십 년 전이니 아이들이 있는 것은 어쩌면 당연했다.

유재영을 향해 틈나는 대로 욕을 하던 녀석은 광야귀의 가랑이 사이를 빠져나오더니 그를 향해 달려오기 시작했다. 고기를 쫓는 개처럼 광야귀 또한 녀석의 뒤에 바짝 붙었다.

"저승에서 편히 쉬어라! 멍청한 놈아!"

어린 녀석의 행동은 유재영의 예상을 벗어났다. 그저 광야귀를 끌고 오는 것이 아니라 도끼로 그를 공격했다.

"미… 미친놈!"

머리를 반으로 쪼갤 듯이 내리쳐지는 도끼를 피해 옆으로 몸을 굴렸다. 하지만 그건 단지 유재영을 겁주기 위한 행동이었을 뿐, 도끼는 중간에서 멈췄고 녀석은 곁을 스쳐 내달렸다.

광야귀야 어린 녀석이 더 밉겠지만 그렇다고 유재영을 지나칠 리 없었다. 유재영도 어린 녀석의 뒤를 따라 뛰기 시작했다.

백사장을 벗어난 녀석이 숲속으로 사라졌다. 광야귀의 숨결은 목덜미의 솜털을 곤두서게 만들 정도로 가까이 다가왔다. 유재영이 막 숲으로 뛰어들었을 때 뒤통수 근처에서 우지끈! 하는 소리가 울렸다. 광야귀가 휘두른 손에 나무 허리가 부러진 것이다.

달리기에 그리 좋은 곳은 아니었다. 나무가 워낙 빽빽하게 들어찼고, 오랜 세월 쌓인 낙엽은 가끔 구덩이를 감춰 바닥을 뒹굴게 만들었다. 하지만 그나마 밀림이었기에 광야귀의 입 안에 들어갈 머리가 아직 붙어 있었다.

덩치가 큰 광야귀는 나무를 아예 부수며 쫓아와야 하는 탓에 마음껏 속도를 낼 수 없었다. 먼저 들어갔던 어린 녀석은 어느새 시야에서 사라져 버렸다. 이제 광야귀의 목표는 오롯이 그만 남았다. 잔머리 굴리다 뒤통수 맞은 꼴이다.

나뭇가지에 긁힌 피부에서 피가 배어 나왔다. 물론 지금 상황에서는 대수롭지 않은 상처였다.

우지직!

바로 뒤에서 나무 부러지는 소리가 울렸다. 힐끗 돌아본 유재영은 식겁해서 왼쪽으로 몸을 날렸다. 두 아름은 될 법한 나무가 그를 향해 거칠게 쓰러졌다. 유재영은 너른 이파리를 가진 이름 모를 나무를 완전히 피하지 못했다. 굵은 나뭇가지가 엉덩이를 때려서 바닥에 패대기쳐졌다.

일어서려던 유재영은 한쪽 다리가 나무에 깔렸다는 걸 뒤늦게 깨달았다. 손으로 나뭇가지를 잡고 힘을 쓰며 다리를 반쯤 뺐을 때 광야귀가 바로 눈앞에 나타났다.

"크르르르……."

이마에서 흐른 피가 시리도록 하얀 이빨에 검은 자국을 만들고 있었다. 나무에 깔린 다리를 빼기 위해 안간힘을 쓰는 사이 광야귀는 지척에 다다랐다. 무저갱처럼 검은 눈동자가 가까워졌다.

쉬이익―! 쉬이익―!

녀석의 거친 숨소리가 땀에 젖은 유재영의 머리칼을 날렸다. 발을 빼고 도망치기에는 늦어버렸다. 족쇄를 차고 있는 것보다 더욱 안 좋은 상황이다.

유재영은 주먹을 말아 쥐었다. 순순히 죽음을 받아들일 수는 없었다. 그래도 무림에서는 유영권(流永拳)이란 별호로 한 지방을 풍미하던 그였다. 괴물 따위에게 반항도 못하고 잡아먹힐 수는 없었다.

포효 같은 괴성을 뿜은 광야귀가 유재영의 머리를 먹기 위해 덮쳤다. 동시에 유재영의 주먹도 허공을 갈랐다. 일생의 힘을 담은 주먹이었다.

퍼억—!

둔탁한 소리와 함께 광야귀의 허리가 급격하게 구부러졌다. 그런데 유재영의 주먹은 그저 허공만 갈랐다. 그의 주먹이 광야귀의 얼굴을 때리기 전에 위에서 떨어진 도끼가 먼저 정수리를 가격한 것이다. 어린 녀석이었다.

"계속 쉬려고?"

비꼬듯이 말한 녀석은 휘둘러진 광야귀의 팔을 피해 뒤로 훌쩍 몸을 날렸다. 어린 녀석이 머리 위를 지나자마자 유재영도 나무 아래서 빠져나왔다.

광야귀의 머리에 난 상처에서는 상당히 많은 피가 흐르고 있었다. 그럼에도 아픔조차 느끼지 못하는 듯 일어서서 그들을 쫓아왔다. 유재영은 도망가지 않고 광야귀를 마주했다. 어느새 나무 위로 올라간 어린 녀석이 물었다.

"뭐해? 싸우려고?"

유재영은 손가락을 꺾어 우두둑거리는 소리를 만들었다.

"쉴 만큼 쉬었다."

"도망만 다닌 주제에 한 게 뭐 있다고."

"어린놈이 말하는 싸가지 하고는."

광야귀가 덮쳤다. 유재영은 가슴을 찔러오는 긴 손톱을 몸을 돌려 피하며 광야귀의 팔목을 잡았다. 완전히 움켜쥐기에는 너무 두꺼웠지만 힘을 쓸 정도만 되면 충분하다. 중심을 광야귀 쪽으로 옮기며 팔을 잡아당겼다.

앞으로 짓쳐들던 광야귀가 허공에 붕 뜨더니 등부터 땅에 떨어졌다. 두 그루의 나무가 광야귀와 함께 쓰러졌다. 적의 힘을 이용해 공격을 하는 사량발천근(四兩發千斤)의 수법이었다.

부드러움에 근본을 둔 권법을 익혔기 때문에 유영권이란 별호가 생긴 것이다. 넘어진 광야귀는 언제나처럼 벌떡 일어나 다시 공격을 들어왔다. 하지만 이번에도 어김없이 유재영의 손에 의해 땅을 뒹굴었다.

덤벼들고 넘어지고, 덤벼들고 날아가는 과정이 계속 이어졌다. 사량발천근이 아무리 상대방의 힘을 이용하는 무공이라고 해도 체력의 소비가 없을 수는 없었다.

싸움이 이각을 넘어가자 유재영의 입에서도 거친 숨소리가 새나왔다. 가볍게 움직인 유재영은 힘든데 매번 패대기쳐졌다가 일어나기를 반복한 광야귀는 아직도 끄떡없어 보였다.

"이러다 날 새겠네."

"시끄러!"

소리를 지른 유재영은 온몸으로 덮쳐오는 광야귀를 피하며 다리를 걸었다. 주변은 완전히 초토화가 되어서 웬만큼 큰 나무가 아니면 모두 쓰러진 상태였다. 그 웬만큼 큰 나무 위에 있던 어린 녀석이 뛰어내렸다. 정확히 엎어진 광야귀의 머리맡이었다.

일어나려는 광야귀의 뒤통수로 도끼가 떨어졌다. 둔탁한 소리와 함께 사방으로 피가 튀었다. 땅을 짚은 광야귀의 팔이 꺾이며 바닥에 얼굴을 박았다. 그런 광야귀의 뒤통수를 향해 도끼질은 계속되었다.

광야귀는 본능적으로 팔을 허우적거릴 뿐 일어나지를 못했다. 괴물이지만 생물은 생물이어서 광야귀도 꽤나 타격을 받았던 모양이다.

어린 녀석은 마치 장작을 패는 것처럼 일정하게 도끼질을 했다. 능숙한 나무꾼처럼 어디서 어떻게 힘을 써야 할지 정확히 알고 있었다.

사방으로 튀기는 피에 기어코 허연 뇌수가 섞여 나왔다. 그리고 어느 순간 잘 익은 수박처럼 머리가 쩍 갈라졌다. 검은 피 사이로 주름진 뇌가 보였다. 어린 녀석은 그 뇌를 향해 마지막 도끼질을 했다.

곤충이 그러하듯 팔다리를 파르르 떤 광야귀는 축 늘어지더니 움직이지 않았다.

"어지간히 질긴 녀석이라니까."

이마의 땀을 훔친 어린 녀석이 광야귀의 옆에 서더니 허리를 향해 다시 도끼질을 시작했다.

"아직… 죽지 않았냐?"

절로 숨찬 소리가 나왔다.

"끄응! 죽었지."

"그런데 뭐하는 거냐?"

"필요한 게 있어서."

자꾸 듣는 반말이 귀에 거슬렸다.

"몇 살이냐?"

"열일곱."

"넌 아비 어미도 없냐?"

"어미는 있고 아비는 없어."

그냥 사실대로 말해 버리자 딱히 대꾸할 거리가 없었다.

"이… 이름은?"

"설백천. 넌?"

"유재영… 이놈아! 아무리 악인도에서 자랐지만 최소한의 예의는 지켜야지!"

"목숨 지키기도 바빠."

쫘직!

살갗을 파고든 도끼가 척추뼈를 부쉈다. 설백천은 광야귀의 목 바로 아래쪽을 향해 다시 도끼질을 시작했다. 그곳의 뼈도 부러뜨린 설백천은 허리에 찬 만도(彎刀)를 꺼내 척추를 따라 가죽을 찢었다. 워낙 질겨서 잘 잘라지지는 않았지만 이각 동안 끙끙거린 후에 겨우 척추뼈를 손에 쥐었다.

광야귀를 죽인 기념품이라도 챙기는 줄 알았다. 그런데 설백천은 척추뼈 끝을 입으로 가져가더니 쪽쪽 빨기 시작했다. 척수(脊髓)를 빨아먹는 것이다. 그 광경을 보니 광야귀보다 설백천이 더 괴물처럼 느껴졌다.

척수를 모두 빨아먹은 설백천은 선 채로 눈을 감았다. 엷은 눈꺼풀 위로 눈동자가 빠르게 왕복하는 자국이 보였다. 입에서 신음 같은 소리도 옅게 흘러나왔다. 마치 환각제를 먹은 듯한 모습이었다.

도저히 이해할 수 없는 행동을 한 설백천은 일각 만에 눈을 떴다. 유재영은 깜짝 놀라서 뒤로 물러섰다. 설백천의 눈이 광야귀의 그것처럼 온통 까만색으로 물들어 있었다. 설백천이 광야귀로 변하는 게 아닌가 생각했는데, 몇 번 눈을 깜빡이자 제 색깔을 찾았다.

"역시… 좋군."

"뭐가 좋다는 거냐?"

"힘이 나."

설백천은 도끼를 어깨에 짊어지고 밀림을 걸었다. 어디로 간다는 말도 없었다. 유재영은 재빨리 설백천과 어깨를 나란히 했다.

가는 내내 설백천은 아무 말도 하지 않았고 유재영의 물음도 없었다. 어차피 앞으로 닥칠 일은 겪어봐야 알 수 있기 때문이다.

그렇게 한참을 걷자 비로소 밀림이 끝났다. 그리고 그들이 당도한 곳은 통나무로 만든 집이 옹기종기 모인 마을이었다. 폭 이 장의 넓은 길 양쪽으로 꽤나 많은 집이 들어서 있었다. 그리고 마을이라고 해야 할 그곳의 중앙에는 제법 번듯한 우물도 자리했다.

유재영은 지나치면서 대여섯 개의 상점도 봤다. 고기나 옷, 냄비 같은 필수품을 파는 곳이었다. 유배지이기는 하지만 이곳도 사람이 생활하며 사는 공간이었다.

지나는 사람들이 설백천을 향해 인사를 했다. 그런데 그들의 음성이나 행동은 열일곱 살짜리가 아니라 윗사람을 대하는 것 같았다. 유재영은 곧 그 이유를 이해할 수 있었다.

세상과 철저하게 고립된 곳. 온갖 죄인이 몰려 있는 공간에서 공자(孔子)의 예의란 의미가 없었다. 자연의 그것처럼 오롯이 약육강식(弱肉强食)의 법칙이 적용되는 게 당연했다.

우물가를 지나던 설백천이 걸음을 멈췄다. 주변에 아무도 없다는 것을 확인한 그가 말했다.

"이봐. 넌 내일부터 내 사부야."

잠시 그 말의 뜻을 이해하지 못했다.

"그러니까 내가 너한테 뭘 가르쳐야 한다는 거냐?"

"무공."

"큭큭큭… 제자로 받아달라는 말을 그렇게 싸가지 없게 하는 놈은 너밖에 없을 거다."

"부탁이 아니니까."

"싫다면 날 죽이기라도 하겠다는 것이냐?"

"승낙하는 게 좋을 거야."

다시 걸음을 옮기는 설백천의 등을 보며 유재영은 사부 따위는 되지 않겠다고 다짐했다. 절대!

第二章

모산도인(茅山道人)

"네가 죽였다고?"

"응."

주루 안에 웅성거리는 소리가 울렸다. 지금까지 광야귀를 죽인 사람은 없었다. 광야귀는 그들의 능력으로 상대하지 못해 언제나 북쪽에 있는 섬, 그래서 북섬이라고 부르는 곳에 사는 모산도인(茅山道人)을 불러야 했다.

어차피 모산도인의 잘못으로 생긴 괴물이니 결자해지(結者解之)였다.

"정말 너 혼자 그놈을 죽였다고?"

왕거붕이 다시 물었다. 설백천이 귀찮다는 얼굴로 대답했다.

"그렇다니까 왜 자꾸 물어?"

설백천은 슬쩍 유재영을 봤다. 다행히 유재영은 자신이 거들었다는 말을 하지 않았다. 보기보다 현명한 녀석이다. 여기저기서 설백천이 대단하다며 칭찬하는 소리가 들렸다. 주루 안에 있는 오십 명이 한목소리로 떠들자 주변은 금세 시끄러워졌다.

"조용히 해!"

한마디 고함으로 소란을 잠재운 왕거붕이 설백천에게 말했다.

"넌 북섬에 다녀와라. 가서 모산도인 그 영감탱이한테 다음 죄수도 우리 것이라는 확약을 받아와라."

모산파 출신인 모산도인은 지옥도에 유배를 온 게 아니었다. 배가 난파되어 어쩌다 여기까지 떠내려온, 죄 없는 사람이 지옥도에 갇힌 것이다. 원래는 세 명이 왔는데 육십 년 동안 두 명은 죽고 이제 모산도인만 남았다.

모산파의 무공은 그리 강하지 않았지만 갖가지 요사한 술법(術法)을 부렸는데, 특히 모산도인이 정성을 들인 것은 야귀였다.

강시술(殭屍術)에서 한 단계 발전해서 사람 말을 알아들을 수 있는 야귀는 인간의 한계를 뛰어넘는 존재였다. 오늘 만난 광야귀는 그런 야귀들 중 인성(人性)을 잃고 폭주하는 녀석이 변해서 만들어진 것이다.

야귀가 있는 모산도인은 그래서 이곳 지옥도에서 가장 강한 존재였다. 하지만 모산도인은 굳이 도주가 되려 하지 않았다. 북섬에 머물면서 가끔 남섬 사람들을 시켜 약초나 캐오게 만들고, 지옥도에 들어오는 죄수들 반을 데려갔다.

모산도인에게는 죄수가 필요할지 모르지만 남섬의 사람은 그리 필요하지 않았다. 여자라면 모를까 남자라면 있으나 없으나 마찬가지였다. 그들이 필요한 건 죄수가 아니라 그들이 찬 수갑과 족쇄였다. 쇠붙이는 이곳에서 귀한 재산이었다.

"광야귀를 죽이느라 피곤한데."

"갔다 오라면 갔다 와!"

속에서 울컥 화가 치솟았지만 설백천은 엷은 웃음만 머금었다.

"도주. 다섯 달 안에 날 죽일 방법을 찾아야 할 거야."

돌아서는 설백천의 등에 대고 왕거붕이 말했다.

"허락을 받지 못하면 돌아오지도 마라."

마지막 말은 무시했다. 그는 전할 뿐 허락은 모산도인의 마음이니까. 뒤에서 왕거붕의 커다란 목소리가 들렸다.

"오늘 온 죄수들은 앞으로 나와라! 지금부터 악인도의 법에 대해 말하겠다!"

설백천은 걸음을 빨리했다. 이어서 들릴 '내가 곧 법이다!' 라는 말은 듣고 싶지 않았다.

밀림에 난 작은 길을 따라 걷고 있는데 앞에서 누군가 헐레 벌떡 뛰어왔다. 농사꾼 곽만(廓萬)이었다. 그를 발견한 곽만 의 발길이 더욱 빨라졌다.

"백천아! 백천아! 큰일 났다!"

"왜? 불이라도 났어?"

"불이야 끄면 되지! 흑강악어(黑鋼鰐魚)가 내 소를 잡아먹 어 버렸다!"

"흑강악어가 사는 늪에서 곽씨 밭은 한참 멀잖아?"

"내가 그쪽으로 좀 가긴 했지."

보나마나 소에 어떤 여자를 태우고 되지도 않는 거드름을 피웠을 것이다.

"하지만 그리 가까이 가지는 않았다! 나도 목숨 아까운 줄 은 아니까. 흑강악어가 너무 멀리 온 거야! 이러다가 마을까 지 내려오면…!"

"그런 일은 잘나신 도주한테 얘기해."

"네가 다음 대 도주가 될 게 틀림없잖아? 어떻게 좀 해봐 라. 불안해서 농사를 지을 수가 없다."

"내가 도주가 되면 그때 어떻게든 해보지. 어서 가던 길 가."

설백천은 곽만을 지나쳐 걸음을 옮겼다. 흑강악어는 광야귀와는 비교할 수 없을 정도로 강한 괴물이었다.

"모산파 늙은이가 별 괴상한 걸 다 만들어서 사람을 귀찮게 하네."

모산도인이 흑강악어를 만든 걸 봤다거나, 직접 얘기를 듣지는 않았지만 그런 괴물을 만들 사람은 모산도인뿐이었다.

악인도의 남섬은 폭이 오 리에 길이가 십 리에 이르는 넓은 섬이었다. 그래서 북섬까지 가는 데 꽤나 시간이 걸렸다.

북섬은 남섬의 반 정도 크기로 이십 장 남짓 떨어져 있었다. 해시(亥時 : 밤 아홉 시부터 열한 시 사이) 무렵에 물이 빠져 한 시진 정도 바위가 드러나 지나갈 수 있지만, 그 외의 시간에는 바다에 들어갈 생각도 말아야 한다. 발을 담근 순간 급류에 휩쓸려 포말처럼 산산조각으로 부서져 버릴 테니까.

북섬이 가장 가까이 보이는 곳은 온통 흑회색 바위로 뒤덮여 있었다. 너울거리는 파도가 하얀 거품을 뿜으며 성난 몸부림을 쳐댔다.

설백천은 바위에 부딪친 파도가 바짓단을 적시는 곳까지 내려갔다. 그곳에 다다르자 북섬의 바위 사이에서 검은 물체가 슬그머니 모습을 드러냈다. 반바지만 걸친 윤기 나는 검은 피부를 가진, 모산도인이 만든 야귀였다.

그들은 흑백이 뚜렷한 눈으로 설백천을 응시했다.

"너희 두목한테 설백천이 할 말이 있다고 전해라!"

파도 소리 때문에 한껏 고함을 질러야 했다. 하지만 모습을 드러낸 세 야귀 중 누구도 움직이려 하지 않았다. 그들은 오직 설백천이 북섬에 침입을 하는지만 지키는 것 같았다.

"멍청이들아! 늙은이한테 전할 말이 있다니까!"

말의 여운이 파도의 포말과 함께 사라질 즈음 야귀가 아닌 사람이 나타났다. 설백천은 그 사람을 보고 숨을 훅 멈췄다. 이곳으로 오면서 내심 얼굴을 봤으면 했는데 정말 그녀가 모습을 드러냈다.

야귀의 피부처럼 윤기 나는 까만 머리를 허리까지 기른 그녀는, 햇볕에 그을리지 않은 피부를 가지고 있었다. 넓은 이마 아래에 빛나는 눈동자는 진부한 표현으로 별빛처럼 반짝였다. 오뚝한 콧날이나 붉은 입술 등등의 외모를 말하는 건 의미가 없었다.

그녀는 아름다웠다. 설백천이 가장 아름답다고 생각했던 고설란보다 더 아름다웠다. 일 년 전에 그녀를 보고 오늘 처음 대면했지만, 어제 본 것처럼 익숙하게 그녀의 얼굴을 기억했다.

"무슨 일이니?"

목소리는 그리 높이지 않았는데 그녀의 음성은 또렷하게 들렸다.

"응? 어… 그게……."

그답지 않게 말을 더듬는다.

"오늘 광야귀가… 들어오는 죄수들을 습격했거든! 그래서 사람이 좀 상했어!"

"이런!"

그녀의 미간에 옅은 주름이 생겼다. 정말 안타까워한다는 걸 주름 몇 개로 보여줄 수 있는 사람은 흔치 않았다.

"미안해. 사람이 많이 다쳤어?"

"아니. 죄수 한 명하고 북섬 사람 한 명. 다행히 내가 일찍 발견해서 죽였어!"

그녀가 깜짝 놀란 표정을 지었다.

"네가?"

"그럼! 악인도에서는 내가 제일 강하거든!"

수컷의 호기에 그녀가 웃음을 머금었다.

"광야귀를 죽였으면 여긴 웬일이야?"

"도주가 그쪽 영감한테 보상을 하래! 광야귀한테 우리 사람이 죽었다고. 사실 별것 아닌데… 내가 도주였으면 이런 말을 하지도 않았을 텐데…!"

"보상이라면…?"

"다음 죄수도 우리한테 넘기래!"

"글쎄. 사부님이 허락하실지 모르겠네. 잠깐 기다려. 여쭤

보고 올게.”

그녀는 바위 사이로 사라졌다. 그녀가 눈앞에서 사라졌을 뿐인데 가슴 한쪽이 휑하니 빈 것 같은 허전함이 밀려왔다. 설백천은 잘게 흩어지는 바위를 보며 그녀와 나눴던 얘기를 곰곰이 생각했다. 다행히 바보같이 보이는 얘기는 하지 않은 것 같았다.

‘이쪽에 와서 살면 좋을 텐데.’

다섯 달 후에 도주가 될 테니 그녀가 건너오면 그녀는 무조건 그의 여자였다. 하긴 그녀는 다른 사람과 다르게 좀 특별한 대접을 받아야겠지만 말이다. 늙을 대로 늙어버린 모산도인이 죽는다면 가능할지도 모른다.

‘그 영감은 명도 길다니까.’

그런데 나타난 그녀는 혼자 오지 않았다. 구부정한 허리에 지팡이를 짚은 노인 모산도인은 거북이처럼 느린 걸음으로 모습을 드러냈다.

남섬에서 가장 늙은 사람은 아까 만났던 농사꾼 곽만이었다. 올해 나이가 쉰다섯쯤 됐다고 했는데, 모산도인은 곽만보다 배는 더 오래 산 것 같았다. 누구도 너무 늙은 모산도인의 나이가 몇 살인지 몰랐다. 확실한 것은 아흔 살은 넘었다는 것 정도였다.

“너로구나.”

일 년 전, 지금과 같은 자리에서 잠깐 애기를 나눈 적이 있
었다.

"다음 죄수도 원한다고?"

"응! 싫으면 도주한테 직접 말해! 가서 죽여주면 더욱 좋
고!"

"도주가 싫으냐?"

"끔찍하지."

"그럼 이쪽으로 건너오너라."

일 년 전에도 같은 말을 했다. 그 제안은 악인도에서 오직
설백천만이 받았다. 사실 북섬에 그나마 사람이 몇이라도 살
면 심각하게 고려해 볼 것이다. 그녀가 있다는 이유만으로 끌
리는 제안이었다.

하지만 북섬으로 간다고 그녀와 산다는 보장도 없으니 무
작정 갈 수는 없는 노릇이었다.

"영감이 제자 데리고 이쪽으로 오면 되잖아!"

그녀가 키득거리는 웃음을 터트리다가 모산도인을 보고
급하게 정색을 했다. 모산도인을 영감이라고 부르는 게 웃긴
모양이다.

"이쪽으로 오면 악인도를 탈출할 방법을 알려주마."

"악인도를 나갈 방법이 있다고?"

"물론이다."

놀란 표정을 짓던 설백천은 곧 고개를 저었다.

"그런 방법이 있으면 진즉 나갔겠지. 안 그래?"

"믿고 안 믿고는 네 자유다. 어쨌든 잘 생각해 봐라."

돌아서려는 모산도인에게 설백천이 소리쳤다.

"다음 죄수들은 어떻게 할 거야!"

"알았다고 전해라."

의외로 순순히 승낙을 해줬다. 용건이 끝났는데도 설백천은 그 자리에 우두커니 서 있었다. 그녀의 뒷모습만이라도 오래도록 지켜보고 싶었다.

처음 그녀를 봤던 일 년 전 그날처럼 유월의 햇살이 따가운 날이었다.

*　　*　　*

설백천은 붉은 칠을 한 통나무를 벼랑 아래로 던졌다. 통나무는 뜨지도 못하고 하얀 거품 아래로 잠겨 버렸다. 그리고 반 시진이 지나도록 어떤 곳에서도 모습을 드러내지 않았다.

"젠장!"

이젠 더 이상 통나무를 던져볼 곳도 없었다. 악인도 둘레의 모든 곳에 통나무를 던져 시험해 보았지만, 나무가 떠오른 곳은 전무했다. 설백천은 북섬 쪽으로 시선을 돌렸다.

‘영감 말이 사실일까?’

모산도인을 잘 알지는 못하지만 실없는 말을 할 사람 같지는 않았다.

‘아니야. 이 섬에 있는 놈들은 전부 사기꾼이야.’

비록 모산도인이 죄인이 아닌 표류해서 왔다 할지라도, 인간이라는 족속은 결국 그 나물에 그 밥이다. 단 한 사람 예외가 있다면 ‘그녀’일 것이다.

“이름도 모르는군.”

나흘 전 만난 후로 한시도 머릿속에서 그녀가 떠나지 않았다. 꿈속에서조차 그녀가 나타나 하얀 치아를 내놓고 그를 향해 웃었다. 한 번은 그녀가 갑자기 야귀로 변하는 꿈을 꿨는데 그것조차 아름다웠다. 그녀는 악몽조차 기쁘게 받아들이게 만드는 유일한 존재였다.

오늘도 탈출에 대한 소득 없이 발걸음을 돌린 설백천은 유재영의 집으로 향했다. 악인도에 처음 온 신입들은 여섯 달 동안은 모두 한군데 모여 살아야 한다.

집도 허름해서 통나무를 얼키설키 엮은 벽에, 야자수 잎을 지붕으로 얹어 비가 오면 떨어지는 물을 피할 곳도 마땅치 않은 그런 집이었다.

마을의 가장 남쪽에 움막 여덟 채가 옹기종기 모여 있었다. 몇몇은 사냥꾼 고태곤(高太昆)을 따라 사냥에 나섰고, 또 몇은 곽만을 도와 농사일을 나갔다. 일하는 게 의무는 아니었다. 하지만 일하지 않으면 먹을 것도 나오지 않기 때문에 대부분은 일을 찾는다.

움막 사이의 좁은 공간을 지나자 어디선가 바람 가르는 소리가 들렸다. 설백천은 그 소리를 쫓아 걸음을 옮겼다. 움막 뒤편으로 잡초가 무성한 마당이 있었고 조금만 더 들어가면 우거진 숲이 나온다.

설백천이 막 숲으로 한 걸음 옮겼을 때 소리가 그쳤다. 아마 그의 기척을 느낀 모양이다. 풀들을 헤치며 오 장 남짓 전진하자 그곳에 유재영이 있었다.

설백천을 본 유재영의 얼굴에 귀찮다는 표정이 역력했다.

"또 너냐?"

지난 나흘간 설백천은 시도 때도 없이 유재영을 괴롭혔다. 느닷없이 기습을 한다거나, 싸움을 걸고 제자로 삼아달라고 졸랐다. 아직 승낙을 받아내지는 못했지만 결국 그에게 무공을 가르쳐 주게 될 것이다.

"내 사부가 되면 여러모로 편하다니까."

"절대 그럴 일 없으니까 꺼져라."

설백천은 허리에서 검을 뺐다.

"싫으면 한판 붙기라도 해야지."

"이번엔 죽일지도 모른다."

"악인도의 규칙 몰라? 여섯 달이 되기 전에 누군가를 죽이면 당신은 곧장 사형이야."

"내가 죽인지 아무도 모르게 하면 되지."

"내가 사라지면 당신이 죽인 거라고 소문을 내놨어. 악인도에서 증거 같은 건 필요 없어. 그냥 혐의만 있으면 그것으로 끝이야."

"그럼 병신을 만들어……."

"그것도 사형이야. 악인도의 신입은 길거리의 똥개만도 못한 존재거든. 하지만 내 사부가 되는 순간 팔자 펴는 거야. 약속하지."

"헛소리하지 말고 덤빌 테면 빨리 덤벼라."

설백천은 유재영을 향해 달려갔다. 허벅지까지 자란 잡초가 몸에 부딪치며 비명을 질렀다. 설백천은 유재영의 허리를 향해 검을 휘둘렀다. 높게 자란 잡초 윗부분이 잘려 허공으로 솟구쳤다.

물러날 줄 알았는데 유재영은 오히려 한 발을 크게 내딛으며 검을 든 설백천의 손목을 잡았다. 설백천은 손목을 꺾어서 유재영의 팔을 베려고 했다. 그러자 유재영은 손등으로 검 옆면을 쳐서 팔 아래로 흘려 버렸다.

설백천은 유재영의 얼굴을 향해 주먹을 날렸다. 그것 역시 쉽게 막혀 버렸다. 검으로 싸우는 설백천에게 이 같은 접근전은 하등 좋을 게 없었다.

하지만 유재영은 거리를 벌릴 여유를 주지 않았다. 팔목을 잡은 손을 떨치고 물러서면 어느새 득달같이 따라붙어서 설백천의 얼굴에 숨을 뿜어댔다.

퍽!

싸움을 시작한 지 반각 만에 가슴에 일격을 맞았다. 그리 세게 치지 않은 것 같은데 숨이 턱 막혔다. 주춤주춤 물러서 나무에 등을 부딪친 설백천은 다가오는 유재영을 향해 검을 휘둘렀다.

한 치 정도의 사이로 아슬아슬하게 검을 피한 유재영은 순식간에 달려들어 설백천의 옆구리를 가격했다. 절로 숨찬 신음이 터졌다.

턱을 한 차례 더 맞은 설백천이 쓰러졌다. 나뭇잎 사이에서 떨어지는 햇빛이 눈을 부시게 했다. 유재영이 그늘을 만들어 주었다.

"오늘은 이것으로 끝나지만 다음번에는… 어쩌면 널 죽일지도 모른다."

그냥 해본 말이 아니었다. 유재영 정도의 무공이면 악인도의 도민 모두를 적으로 삼아도 싸울 수 있을 것 같았다. 누워서 숨을 고른 설백천이 일어섰다. 턱이 얼얼하기는 했지만 특별히 아픈 곳은 없었다.

"맷집은 좋은 놈이군."

"다음번에는 오늘처럼 쉽게 당하지 않을 거야."

"다음에는……."

"죽일 테면 죽여봐."

몸을 돌리는 설백천에게 유재영이 물었다.

"왜 그렇게 무공을 배우려고 애쓰는 거냐?"

"약하면 비굴해져야 하니까. 비굴한 건 죽는 것보다 싫거든."

설백천은 집으로 돌아왔다. 대문을 들어설 때쯤 노을이 붉은 먼지가 되어 발끝에 흩어졌다. 부엌에서 연기가 피어오르는 걸 보니 고설란이 식사 준비를 하는 모양이다.

설백천은 부엌문을 열었다. 커다란 나무통 안에 고설란이 있었다. 모락모락 피어나는 뿌연 수증기 사이로 그녀의 젖은 어깨가 보였다. 고설란이 설백천을 보고 웃음을 머금었다.

"마침 잘 왔다. 거기 뜨거운 물 좀 부어주려무나."

설백천은 아궁이에 얹어진 솥 안에서 뜨거운 물을 퍼 욕조 안에 부었다. 김이 피어오르는 물 사이로 그녀의 하얀 가슴이 보였다.

"평소보다 더럽구나. 얼굴에 그 상처는 뭐니?"

상처랄 것도 없었다. 유재영에게 맞은 자리가 붉게 달아올랐을 뿐이다.

"아무것도 아니야."

"오늘도 그 유재영이라는 자에게 맞은 모양이구나? 아직도 제자로 받아주지 않든?"

"언젠간 되겠지."

그녀가 설백천의 위아래를 보더니 말했다.

"너도 좀 씻어야겠다. 옷 벗고 들어와라."

"됐어."

부엌을 나온 설백천의 배에서 먹을 걸 달라는 소리가 들렸다. 그렇다고 다시 부엌에 들어가고 싶지는 않았다. 밖으로 나온 설백천은 두 집 건너에 있는 소소미의 집으로 향했다. 그가 막 대문을 두드리려는데 안에서 인기척이 들리더니 소소미가 대문을 열고 나왔다.

"어? 안 그래도 너 만나러 가려고 했는데."

반가운 소소미의 음성과는 달리 대꾸를 하는 설백천의 목소리는 시큰둥했다.

"무슨 일로?"

그녀가 설백천의 팔을 잡았다.

"저번에 못 끝낸 거 마무리 지어야지."

소소미의 입에서 단내가 풍기는 것 같았다. 설백천은 소소미가 이끄는 대로 내버려 뒀다. 숲으로 들어가자 서둘러 찾아온 어둠은 그들을 은밀한 밤의 비밀로 인도했다.

소소미는 숲의 깊은 곳까지 설백천을 데리고 갔다. 이미 갈 곳을 정해놓은 듯 발길에 망설임이 없었다. 이각여를 간 끝에 그녀의 발이 닿은 곳은 커다란 나무였다. 어른 다섯이 팔을 둘러야 겨우 손끝이 닿을 정도로 거대한 나무 밑에는 구멍이 나 있었다.

소소미는 그 구멍 안으로 몸을 집어넣었다.

"들어와."

하얀 손이 어둠 속에서 까딱거렸다. 잠시 망설인 설백천은 그녀를 따라 구멍 안으로 들어갔다. 한낮의 열기를 그대로 간직한 그곳은 아직 후끈했다. 그럼에도 바닥에 부드러운 풀이 깔려 포근함이 함께 느껴졌다.

"어때? 좋지?"

나무 안은 밖보다 더 어두워 그녀의 하얀 이빨만 겨우 보였다. 희미하게 보이는 그 흰 이가 그를 향해 다가왔다. 단내 나는 그녀의 숨결이 턱밑에서 느껴졌다.

그의 턱을 소소미가 핥았다. 끈적끈적한 그녀의 타액이 나무 안의 열기보다 뜨거웠다. 스멀스멀 기어오른 욕정에도 설백천은 움직이지 않았다.

갈등하고 있는 것이다. 저번에야 어쩌다가 욕정에 휘말려 이성을 망각했지만 역시 악인도의 규율은 설백천을 속박하고 있었다.

턱을 타고 올라온 혀가 아랫입술을 건드렸다. 까칠한 듯하면서도 뱀처럼 미끄럽게 느껴지기도 하는 그녀의 혀는 집요하게 입술 주변을 맴돌며 안으로 파고들기를 기다렸다.

하―

설백천이 참았던 숨을 터트리는 그사이에 그녀의 혀가 입 안으로 들어왔다. 소소미의 타액에서는 시큼한 냄새가 났다.

여자의 음부에서나 나는 그런 향은 설백천의 남근을 서서히 부풀어 오르게 만들었다. 본능처럼 설백천의 혀가 손님을 마중 나갔다. 두 개의 혀는 서로의 입을 오가며 설전을 벌였다.

미처 삼켜지지 못한 침이 입술을 타고 흘러내렸다.

그사이 소소미는 설백천의 옷을 밀어 올렸고, 설백천의 손은 소소미의 가슴을 더듬었다.

아직 설익은 가슴은 한 손에 다 잡힐 만큼 작았다. 옅은 갈색의, 남자의 그것보다 조금 큰 유두가 손에 스칠 때마다 소소미 입에서 신음이 새나왔다.

"거기… 빨아줘."

소소미가 귀에 대고 할딱거리는 목소리를 뱉었다. 설백천은 소소미의 옷을 머리 위로 벗겼다.

그녀의 유두는 처음 손으로 더듬었을 때보다 조금 더 커져 있었다.

"어서……."

소소미는 재촉을 하면서 설백천의 머리를 가슴으로 잡아당겼다.

"아아!"

입술이 닿았을 뿐인데 그녀는 높은 신음과 함께 몸을 부르르 떨었다.

설백천은 입술을 벌려 유두를 살짝 깨물었다. 그녀의 미간이 찡그려졌다.

"아파?"

"혀… 혀로……."

설백천은 혀를 내밀어 유두를 핥았다. 눈으로 보는 것보다 조금 더 거친 느낌이 전해졌다.

소소미의 입에서 토해내는 콧소리가 나왔다. 그녀는 설백천의 머리를 잡은 채 바닥에 몸을 뉘었다.

그의 목에 감긴 손가락과 등을 쓰다듬는 손이 어쩔 줄을 모르며 바르르 떨렸다.

양쪽 유두를 희롱하던 혀가 가슴을 지나 배로 미끄러졌다. 살짝 들어간 배꼽 안으로 혀끝을 넣자 특유의 땀 냄새가 났다.

엉덩이를 든 소소미는 바지를 벗으려고 했지만 엉덩이 반쯤밖에 내려가지 않았다.

“벗겨줘.”

바지를 벗기자 속옷까지 함께 딸려 내려갔다. 그녀는 다리를 움직여 무릎에 걸린 바지를 마저 벗었다.

설백천의 혀가 소소미의 아랫배를 고루 돌아다녔다. 머리가 조금 더 내려가 치모를 건드릴 때면 움찔 몸을 떨기도 했다.

짧은 치모는 성숙한 여인의 그것보다 훨씬 부드러웠다. 그 느낌이 좋아 손으로 쓰다듬자 소소미의 엉덩이가 위로 한 치쯤 들어 올려졌다.

“백천아…거기… 아래쪽…….”

설백천의 손이 치모를 미끄러져 내려갔다. 다리가 양쪽으로 갈라지는 정점에서, 갈라진 것은 비단 다리뿐만은 아니었다.

두툼한 살과 살이 입술처럼 맞닿은 그곳은 언제나 사내들에게 미지의 영역이다.

그곳에 손가락을 가져다 대자 액이 살짝 묻어 나왔다. 소소미의 허리가 더 휘어지고 신음은 짙어졌다.

전신에 잔뜩 힘을 준 그녀는 몸으로 뭔가를 요구하고 있었다.

갈라진 그 틈을 손가락으로 문지르던 설백천은 중지를 안으로 밀어 넣었다.

‘흐읍!’ 하는 급한 신음이 새나왔다. 음부에서 풍기는 시큼한 냄새도 짙어졌다.

설백천의 혀가 치모 사이를 파고들었다. 혀끝에 닿는 느낌은 언제나 설백천을 흥분시켰다. 물론 소소미의 흥분은 설백천의 그것보다 훨씬 강렬했다.

“하아! 하아!”

몸을 바르르 떠는 반응은 제 엄마와 비슷했다. 한 마디쯤 들어간 손가락이 조금 더 파고들었다. 끈적하면서 따뜻한 느낌.

설백천의 혀가 자신의 손가락부터 시작해 위로 이동했다. 살짝 튀어나온 음핵을 건드리자 몸이 활처럼 휘어졌다.

그곳이라는 걸 알고 있다. 여자들은 언제나 이곳을 좋아하고, 물론 사내도 좋아한다. 하지만 너무 집요하지 않게 천천히. 설백천은 변죽을 울리면서 혀를 움직였다.

“백천아… 몸을 이쪽으로……”

설백천은 바지를 벗고 몸을 돌렸다. 소소미의 손이, 그녀의 입이, 붉은 혀가 하초를 휘감았다.

그녀의 머리가 움직이자 물기가 젖어 마찰하는 소리가 어두운 공간을 가득 채웠다.

하초를 문 그녀의 입에서 숨찬 신음이 터졌다. 설백천은 혀를 쉬지 않으면서 본능적으로 허리를 놀렸다. 아마 북섬의 그

녀를 만나서였고 고설란의 목욕하는 장면을 봐서였을 것이
다.

오늘은 유난히 일찍 절정이 찾아왔다. 설백천은 그것을 굳
이 참으려 하지 않았다.

"흐읍!"

설백천은 짧은 신음과 함께 쾌감의 덩어리를 분출했다. 소
소미의 입에서 숨 막히는 소리가 났다. 그녀는 곧 크게 목젖
을 움직였다.

설백천이 허리를 들자 그녀가 입맛을 다셨다.

"맛이… 나쁘지 않은데?"

설백천도 소소미의 음부를 한 차례 핥은 후 말했다.

"너도."

그리고 몸을 일으켰다. 그의 하초는 아직 죽지 않았고 어쩌
면 계속 그 상태로 있을지도 모른다.

하지만 설백천은 옷을 입었다.

"끝내게?"

"남자는 여자하고 달라. 한 번 하면 끝이라고."

"엄마하고 처음 할 때는 세 번이나 연속 했잖아?"

설백천이 피식 웃었다.

"그걸 다 보고 있었단 말이야?"

그녀는 앉아서 가랑이를 벌렸다.

“난 아직인데…….”

욕망의 불길이 슬그머니 당겨지려고 했다. 그러나 설백천은 기어서 나무를 나왔다.

소소미가 따라 나오며 물었다.

“정말 그냥 갈 거야?”

“다음 기회에.”

“또 다음이야? 그러다 내 생일 되겠어!”

“그럼 어쩔 수 없고.”

“그러지 말고! 언제 할 거야! 내일? 모레?”

“글쎄.”

설백천은 어둠이 내린 숲을 휘적휘적 걸어서 집으로 돌아갔다.

목욕을 끝낸 고설란은 집에 없었다.

＊　　　＊　　　＊

잔에 물처럼 맑은 백주가 찰랑거렸다. 유재영은 술을 따라 준 왕거붕을 물끄러미 보고 있었다.

“마셔.”

악인도의 신입은 여섯 달 동안 술을 입에 대서는 안 된다고 했었다. 그 규칙을 직접 전달했던 왕거붕이 준 술잔이니 쉽게 손이 가지 않았다.

"도주가 준 술은 마셔도 돼. 이미 말했다시피 여기서는 내가 곧 법이니까."

유재영은 술을 자주 즐기지는 않았지만 싫어하는 것도 아니었다. 그래서 술을 단숨에 들이켰다. 다시 잔이 채워졌다. 첫 번째 잔은 예의상 받았으니 궁금증을 풀어야 할 시간이다.

"내게 술을 주는 이유는?"

"적의 적은 친구라는 흔한 이유지."

"설백천을 말하는 건가?"

"요즘 자네를 꽤 귀찮게 한다면서?"

그 정도로 적이라는 호칭을 쓰기는 뭐하지만, 유재영은 굳이 부인하지 않았다.

"도주가 원하는 건 설백천의 죽음이겠군."

"허허허! 단도직입적인 친구로군."

"만약 내가 설백천을 죽이면 악인도 규율을 위반하는 것인데……."

"내가 곧 법이라니까."

실실 웃는 왕거붕이 마음에 들지 않았다. 원래 나쁜 놈은 나쁜 놈을 싫어하는 법이다. 유재영도 선인이나 협객은 아니기에 뒤에서 음모를 꾸미는 왕거붕이 싫었다.

하지만 악인도에서 마음 편하게 무공수련을 하려는 유재

영의 의도와 왕거붕의 뜻이 완벽하게 맞아떨어졌다.

설백천을 없애고 왕거붕의 마음까지 얻는다면 일석이조의 효과였다. 그래서 유재영은 고개를 끄덕였다.

"정말 설백천을 죽일 수 있나?"

"나중에 딴소리나 하지 마."

"물론이지. 그놈만 죽여준다면 자네는 이곳에서 특별한 대접을 받을 것이야."

"특별한 대접은 필요 없고 한적한 곳에 집 한 채와 먹을 것만 있으면 돼."

"그 정도야 언제든지 준비해 줄 수 있지."

똑똑!

문 두드리는 소리가 났다.

"누구냐?"

조심스럽게 문이 열리더니 삼십대 중반으로 보이는 여인이 얼굴을 내밀었다. 눈꼬리가 살짝 올라가고 유난히 얇은 입술이 색기(色氣)를 풍기는 여인이었다.

"아직 멀었어요?"

"청이 넌… 조금만 기다려라."

유재영이 일어섰다.

"내가 갈 테니 볼일 보게."

"무슨 소린가! 찬 술병은 비워야지! 혼자 마셔도 괜찮겠나?"

왕거붕이 앞에 있는 것보다 자작이 훨씬 편했다. 왕거붕은 '그럼 자네만 믿겠네.'라는 말을 남기고 방을 나갔다. 의자 두 개와 탁자 하나만 있는 작은 방에 홀로 남은 유재영은 잔의 술을 비운 후 다시 채웠다.

오랜만에 마시는 술은 달았다. 몇 달 동안 술을 마시면서 지금이 가장 편한 순간이었다.

술이 반쯤 비워졌을 때 문이 열렸다. 방 안으로 들어선 사람은 여인이었다. 유재영은 가슴까지 든 술잔을 입으로 가져가는 것도 잊을 정도로 놀랐다.

여인은 현실의 공간을 망각할 정도로 예뻤다. 아니, 아름답다는 표현이 더 정확할 것이다. 사각거리는 치마 소리와 함께 맞은편에 앉은 여인에게서는, 뭍에서 만난 여인들에게서조차 찾기 힘든 기품 같은 게 느껴졌다.

그녀는 왕거붕이 마셨던 잔을 손으로 닦은 후 바닥에 내려놓았다. 잔을 채우라는 의미의 몸짓이었다. 들었던 잔을 내려놓은 유재영은 그녀의 잔에 술을 따랐다.

급하게 채운 유재영이 무안하게 그녀는 한 손으로 잔을 돌릴 뿐 입으로 가져가지 않았다. 잔과 탁자가 마찰하는 옅은 소리만이 그들 주위를 맴돌았다. 그녀의 이상한 등장과 갑작스러운 침묵이 유재영을 불편하게 만들었다.

"험! 이거 귀신에 홀린 것 같군요."

"제가 제대로 홀리고 있나요?"

목소리가 가슴에 물결을 만드는 것처럼 퍼졌다. 그녀는 술잔을 자신의 얼굴 높이로 들며 말했다.

"제가 굳이 홀릴 필요가 없겠지요. 어차피 당신과 난 맺어진 사이니까요."

"혹시 도주가 보낸 것이오?"

그럴 것이라고 생각했다. 하지만 여인이 고개를 저었다.

"도주가 절 오라 가라 할 수는 없지요. 전 진심으로 기뻐서 온 것인데……."

그녀의 미간에 옅은 주름이 잡혔다.

"제가 잘못 알고 온 건 아니겠지요?"

"무엇을 잘못 알았다는 것이오?"

"제 아들의 사부가 되기로 하지 않으셨나요?"

"아들이라면… 설백천 말이오?"

기분 나쁜 추측은 언제나 맞게 마련이다.

"네. 그런데 대협(大俠)의 표정을 보니 제가 틀린 모양이군요."

그녀가 옅은 한숨을 쉬었다.

"백천이의 사부님이면 저와 함께 지내실 수 있는데 아니라니 안타깝네요."

그녀는 들고 있던 술잔을 그냥 내려놓았다.

"본의 아니게 실례를 범했습니다. 그럼 이만."

그녀가 일어서서 나가려 할 때 유재영이 황급히 소리쳤다.

"잠깐만! 난 아직도 당신의 말을 이해할 수 없소이다."

"말씀드린 그대롭니다. 백천이에게 무공을 가르치는 기간 동안 절 품으실 수 있습니다. 음주가무는 절로 따라가는 것이고요. 하지만 백천이의 사부님이 아니라고 하니 그냥 물러가야지요."

그녀는 망설임 없이 방을 나가 버렸다. 유재영은 그녀가 사라진 빈 공간만을 오랫동안 지켜보고 있었다.

第三章

유월적천화야(六月的天和夜)

 허리는 활처럼 휘어졌고 붉은 그녀의 입에서는 열띤 신음
이 새나왔다. 아교의 느낌 같은 그녀의 입김이 귓불에 닿을
때 갑자기 기분 나쁜 어둠이 찾아왔다. 영원히 깨지 않아도
불만이 없을 꿈에서 깨어난 것이다. 그리고 곧바로 찾아온 아
랫도리의 기분 나쁜 축축함에 유재영은 ‘제기랄’ 하고 욕설
을 뱉어냈다.
 나이 마흔에 몽정(夢精)이라니. 누가 알면 창피해서 자살할
노릇이다.
 그는 자리를 박차고 일어났다. 한방에서 자고 있던 두 사람

을 피해서 나간 유재영은 부엌으로 들어갔다. 옷을 훌훌 벗어 던지고 물을 끼얹어 목욕을 했다. 찬물을 맞은 피부에는 소름이 돋는데 정액을 토해낸 하초는 아직도 고개를 끄덕이고 있었다. 이름도 모르는 그녀의 잔상이, 가라앉지 않는 욕정을 부추겼다.

물로 바지에 묻은 찌꺼기를 대충 닦아낸 유재영은 마당에서 걸음을 멈췄다. 유월의 밤은 둥근 달이 열기라도 뿜는 것처럼 후덥지근했다. 이미 멀리 달아난 잠을 부둥켜안을 생각은 없었다.

유재영은 숲 속 공터로 걸음을 옮겼다. 발목까지 자란 부드러운 풀이 깔린 공터는 스무 평 남짓 되어서 무공을 익히기에 부족함이 없었다.

다리를 모으고 허리를 꼿꼿이 편 유재영은 큰 숨을 들이쉬었다. 중극혈(中極穴)에서 들숨을 잠깐 머물게 한 후 전신으로 일주천(一周天)을 시켰다.

이후의 움직임은 아주 느렸다. 팔을 뻗고 걸음을 횡과 종으로 내딛는 모든 동작은 한 호흡에 움직임 하나와 정확하게 일치했다.

무형권(無形拳).

그의 머릿속에 든 권법의 이름이다. 삼백 년 전부터 무림에서 일인전승(一人傳承)으로 내려오는 무형권문(無形拳門)의 절학(絶學)이었다. 무형권문의 문주는 삼십 년 주기로 등장하였는데 어김없이 천하제일권(天下第一拳)이라는 별호를 이어받았다.

삼백 년 이래 천하제일권이란 별호는 오직 무형권문의 문주만이 가질 수 있는 특권이었다. 그런데 칠십 년 전 종적을 감춘 무형권문의 문주는 더 이상 무림에 모습을 드러내지 않았다.

갖가지 추측이 난무했지만 정확한 이유는 끝내 밝혀내지 못했다. 그런데 유재영이 속한 청산권문(靑山拳門)에서 무형권문의 절학이 담긴 비급의 소재를 알아냈다. 그것이 삼 년 전의 일이었다.

권법을 익힌 자들에게 무형권법은 가히 신앙과도 같았다. 청산권문은 무형권법을 얻기 위해 문의 전력을 기울였고, 유재영이 당주(堂主)로 있던 복호당(伏虎堂)이 강서성(江西省)에서 비급을 찾아냈다.

당연히 당주였던 유재영이 비급을 손에 쥐었다. 양피지(羊皮紙)로 만들어진 무형권법의 비급은 유재영에게 너무도 큰 유혹이었다. 그리고 유재영은 그 유혹을 떨치지 못했다. 그의 인생에 가장 큰 후회가 남는 순간이었다.

비급을 가지고 도망친 그날부터 유재영은 한시도 편하게 쉬지 못했다. 호북성(湖北省)에서 무당파(武當派)와 어깨를 견줄 정도의 성세를 지닌 청산권문의 추격은 집요했다. 호남성(湖南省)과 광동성(廣東省)을 지나는 내내 잡힐 뻔한 위기를 숱하게 넘겼다.

그 다섯 달 동안 유재영은 비급의 내용을 모두 외운 후 태워 버렸다. 비급을 잃어버리지 않는 최선의 방법이었고 설사 잡히더라도 목숨을 부지할 수 있는 유일한 길이었기 때문이다.

그렇다 해도 잡히는 건 최악의 상황일 수밖에 없었다. 결국 유재영이 택한 길은 들어가면 탈출이 불가능하다는 악인도가 되었다. 그것만이 청산권문의 추격을 피할 수 있는 단 하나의 통로였다.

물론 악인도가 탈출 불가의 섬이라는 그 말을 사실로 받아들이지는 않았다. 무형권을 완벽하게 익힌 후 악인도를 탈출하는 게 유재영의 계획이었다. 막다른 골목에서 짠 어설픈 계획이지만 아직도 불가능하다고는 생각하지 않았다.

동녘이 훤하게 밝을 때쯤 되자 유재영의 몸은 땀으로 흠뻑 젖어 있었다. 숨은 턱까지 차올랐고 수족(手足)은 들어 올리기 힘들 정도로 무거웠다. 겨우 한 시진 반 남짓 수련했을 뿐인데 종일 싸운 것만큼이나 힘들었다.

무형권의 시작은 수련이고 마지막도 수련이다. 두려워해야 할 것은 적이 아니다. 제자에게 가장 힘든 건 수련을 마치는 것이 될 것이다.

　무형권 첫머리에 있던 구절은 틀리지 않았다. 초식을 펼치는 자체만으로 무형권은 숨을 턱턱 막히게 만들었다. 도망치는 다섯 달 동안 틈틈이 무형권을 익혔지만 일 할의 진도도 나가지 못했다.

　형과 식을 외우고만 있을 뿐 무형권은 아직 새벽의 어둠만큼이나 캄캄했다. 그나마 한 시진 반이라도 수련을 할 수 있었던 건 그동안 노력한 덕분이었다.

　급격하게 피로가 몰려왔다. 집으로 돌아간 유재영은 자리에 눕자마자 잠에 빠져들었다. 또 그녀가 꿈에 나타났다. 이번에는 꿈이라는 걸 알 수 있었다. 얇은 옷을 입은 그녀는 선녀처럼 하늘을 날며 그를 유혹했다.

　팔을 뻗어 그녀를 잡으려고 몸부림치던 유재영은 갑자기 잠에서 깨어났다. 찬물을 뒤집어쓴 것 같은 어떤 느낌 때문이었다.

　눈을 뜨자마자 뭔가가 얼굴을 향해 떨어졌다. 몸을 옆으로 굴리자 귓가에서 '쿵!' 하는 소리가 울렸다. 용수철처럼 퉁기듯 일어선 유재영은 바닥에 주먹을 대고 있는 설백천을 발견했다.

"쯧쯧쯧… 대체 무슨 꿈을 꾸고 있었던 거야?"

설백천의 시선은 유재영의 바지 앞섶에 머물러 있었다. 고개를 내리자 그 부분이 불룩하게 솟은 게 보였다. 애써 당황함을 감춘 유재영이 소리쳤다.

"정녕 네가 죽고 싶은 게로구나!"

"단순히 죽이는 거라면 내가 훨씬 빠를걸?"

"이런 천둥벌거숭이 같은 놈!"

유재영이 덮치자 설백천은 창문을 뚫고 밖으로 나갔다. 마당으로 나가자 기다리고 있던 설백천이 공격을 했다. 얼굴을 향해 짧은 곡선을 그리며 날아오는 주먹은 빠르고 강했다. 손바닥으로 주먹을 쳐내고 유재영 역시 주먹으로 설백천의 얼굴을 공격했다. 설백천 또한 유재영처럼 손바닥으로 주먹을 쳐냈다.

타닥! 탁! 탁!

네 개의 손이 허공에서 쉼 없이 얽혔다. 그러던 어느 순간 설백천이 고개를 크게 젖히며 물러났다. 주먹에 맞은 코에서 피가 흘렀다.

"지금이라도 허리의 그 칼을 꺼내지 그러느냐?"

설백천은 허리에 찬 칼을 내려다본 후 대꾸했다.

"네게 배워야 할 건 권법이니 무기는 당분간 접어둘 거야."

"미련한 놈. 무공을 가르치지 않겠다고 그렇게 얘기했건만!"

유재영은 다시 공격을 들어갔다. 사실 설백천에게 화를 낼 이유는 없었다. 어제 왕거붕의 제안대로 설백천을 죽여 버리면 그만이다.

유재영은 공수를 교환하면서 기회를 엿봤다. 얼굴이나 가슴, 배 어느 곳이든 단 일격이면 죽일 수 있었다.

시간이 지날수록 설백천의 공격은 점점 빨라졌다. 손발뿐만 아니라 무릎과 팔꿈치를 이용한 공격도 능수능란해서 십수 년을 권법만 수련한 사람 같았다. 이제까지 누구에게 무공을 배웠는지 모르지만 기본만은 확실히 익혔다는 걸 알 수 있었다.

하지만 유재영에게 미치려면 아직 멀었다. 마음만 먹으면 충분히 공격을 성공시킬 수 있었다. 설백천이 그의 얼굴을 향해 팔을 휘두를 때 겨드랑이 사이로 허점이 보였다. 손만 뻗으면 바로 적중시킬 수 있었으나 그 찰나의 순간을 그냥 넘겨 버렸다.

그저 손만 움찔 떨게 만든 이유는 바로 그 여인이었다. 여기서 설백천을 죽여 버리면 그 여인을 품을 수 있는 가능성은 사라져 버린다.

스무 살 때 이른 결혼을 했었고 삼 년을 버티지 못했다. 그 후로 많은 여인이 스쳐갔지만 정말 마음을 준 여인은 없었다. 아니 좋아하는 여인조차 찾지 못했다.

　그런데 단 한 번 본 여인이 그의 마음을 송두리째 흔들고 있었다. 착각이고 마음이 스스로를 속이는 것 같았다.

　퍽!

　코에 시큰한 아픔이 전해졌다. 잠깐의 흔들림 사이를 설백천의 주먹이 파고들었다. 코에서 흐른 비릿한 냄새의 피가 정신을 차리게 했다.

　엄지로 코에서 난 피를 닦아낸 유재영은 주먹을 말아 쥐었다.

　"이제 진짜 싸울 마음이 생긴 거야?"

　곧 죽을지도 모르고 설백천은 웃음을 보였다. 가슴이 불룩해지도록 숨을 머금은 유재영은 설백천을 향해 주먹을 날렸다. 고개를 옆으로 옮겨 피한 설백천의 귀를 향해 다시 공격이 들어갔다.

　설백천은 팔을 들어서 공격을 막으려고 했다. 그 순간 겨드랑이와 가슴 사이에 빈틈이 생겼다. 싸움을 시작한 후 시종 나타났던 약점이었다.

　유재영은 그 빈틈을 향해 공력을 가득 실은 주먹을 날렸다. 지금까지 그가 휘둘렀던 주먹과는 비교할 수 없을 정도의 빠르기였다.

　주먹에 묵직한 감촉이 느껴졌다.

　"큭!"

답답한 비명과 함께 설백천이 주르륵 밀려났다. 휘청 다리가 풀린 설백천은, 그러나 넘어지지는 않았다. 가까스로 중심을 잡은 설백천의 왼쪽 가슴 앞에는 손바닥이 놓여 있었다. 유재영의 주먹은 가슴이 아닌 그 손바닥 위를 친 것이다.

인상을 찡그린 설백천이 말했다.

“제대로 맞았으면… 죽었겠는데?”

유재영의 얼굴도 그리 좋지 않았다. 죽일 수 있다고 믿었던 일격이 막혔다는 건 설백천의 무공이 그가 생각했던 것보다 높다는 걸 의미했다. 그리고 지금이 아니면 설백천을 죽이는 게 더 어려워진다는 뜻이기도 하다.

유재영은 설백천을 향해 몸을 날렸다. 이젠 살기를 숨기지 않아서 내지른 공격에는 힘이 가득했다. 설백천은 공격을 피하기에 급급했고 막으면 어김없이 옷깃이 잡혀 허공을 날아 땅에 내동댕이쳐졌다.

그렇게 세찬 공격을 퍼부었는데 이각이 흐를 동안 유재영은 설백천을 죽이지 못했다. 설백천은 결정적인 공격은 어떻게든 피하거나 흘려서 위기를 넘겼다. 그동안 꽤 맞고 내동댕이쳐져서 설백천은 피투성이가 되었다. 그럼에도 습관처럼 입가에 웃음을 매달고 있었다. 유재영과의 겨룸이 못내 기분 좋다는 표정이었다.

유재영은 ‘이번에는 기필코!’ 라는 심정으로 주먹을 꽉 쥐었다. 그런데 설백천이 뒷걸음질을 쳤다.

"오늘은 이만해야 할 것 같아."

말을 끝내자마자 설백천은 담을 넘어 사라져 버렸다. 죽이 겠다는 의지가 가득하면 쫓겠지만 유재영은 그저 설백천의 등만 보고 있었다.

유재영이 나이가 어려 청산권문에서 당주의 지위에 머물 고 있었으나 무공은 장로들조차 한 수 접을 정도로 뛰어났다. 그래서 강호를 종횡할 때 그의 손 아래서 이각을 버틴 자가 드물었다.

그런데 설백천은 이각을 싸웠을 뿐만 아니라 살아서 도망 가기까지 했다. 고작 열일곱의 나이에 저만한 무공을 지닌 자 는 무림에서도 찾아보기 힘들 것이다.

"정말 자질은 뛰어난 놈이군."

*　　*　　*

설백천은 작살을 들고 물로 뛰어들었다. 백사장의 죄수가 탄 배가 들어오는 곳 부근의 바다는 유일하게 헤엄을 칠 수 있는 장소였다.

하지만 안전한 공간은 폭과 길이가 고작 삼십 장 남짓밖에 되지 않았다. 그 이상 나갔다가는 급류에 휩쓸리거나 소용돌이에 걸려서 설사 물고기라도 살아날 수 없었다.

죄수가 탄 배가 그렇듯이 바닷속에도 악인도까지 들어오는 물길이 있었다. 그래서 많은 물고기가 이곳에 들어왔다가 나가지 못했다. 그곳은 절로 자연이 만든 양어장이 되어서 언제든 물고기를 잡을 수 있었다.

그럼에도 자연양식장에서 물고기를 잡는 사람은 설백천뿐이었다. 행여 급류에 휩쓸릴 수 있다는 두려움에 아무도 바다에 들어가려 하지 않았다.

설백천은 뭍에서 산 날만큼이나 이곳에서 헤엄을 치며 살았다. 악인도를 탈출하기 위해서는 헤엄이 필수였기 때문에 물속에서 최대한 많은 시간을 보냈다.

그래서 언제부터인가 수중에서 물의 흐름을 민감하게 감지할 수 있었다. 수중급류의 경계를 정확히 읽어낼 수 있는 건 설백천만이 가진 능력이었다. 거기에 물속에서 숨을 참을 수 있는 시간도 이각이 넘었다.

설백천은 능숙하게 헤엄을 쳤다. 이름을 알 수 없는 물고기들은 그의 기척에 소스라치게 놀라 이리저리 도망쳤다. 굳이 많은 물고기를 잡을 필요는 없었다. 두 마리 정도면 그들 모자(母子)가 한 끼 먹을 식량으로 충분했다.

햇빛이 들어오는 한계까지 다다른 설백천은 적당한 사냥감을 찾아 움직였다. 그의 시야에 팔뚝만큼 큰 물고기가 보였

다. 미끈한 피부를 가진 녀석은 흔하게 볼 수 있는 물고기였
다.

악인도에 있는 사람 중 어부는 없었기에 물고기의 이름을
가르쳐 주는 사람 또한 없었다. 물고기를 쫓아 헤엄을 치던
설백천은 뒤쪽에서 물의 큰 흐름을 감지했다. 고개를 돌리자
길이가 족히 일 장은 넘어 보이는 상어 한 마리가 빠르게 다
가왔다.

자신의 구역을 침범한 인간을 응징하기 위한 놈의 커다란
이빨이 섬뜩하게 다가왔다. 설백천은 황급히 몸을 뒤집었다.
상어의 코가 등을 치고 지나갔다.

수중에서 팽그르르 회전한 설백천은 지나가는 상어의 꼬
리를 잡았다. 그의 손을 떨쳐내기 위해 꼬리를 흔들어대는 상
어의 등을 향해 작살을 꽂았다.

예리하게 별러진 작살은 상어의 등을 깊숙하게 파고들었
다. 상처 입은 상어의 몸부림이 격렬해졌다. 설백천은 작살을
잡고 놓지 않았다. 피 흘리는 상어는 물속을 무작정 헤엄쳤
다.

평화로운 곳과 격류가 만나는 지점이 점점 가까워졌다. 설
백천은 상어의 등에서 작살을 빼려고 했다. 상어보다는 손에
든 작살이 더 귀한 곳이 악인도였다. 하지만 끝이 갈고리 형
태로 된 작살은 쉽게 빠지지 않았다.

설백천이 작살을 빼기 위해 노력하는 사이 상어는 격류가 이는 지점에 점점 가까워졌다. 이제 삼 장 정도만 더 가면 격류에 휘말릴 수밖에 없었다.

'젠장!'

설백천은 작살을 잡고 격류 반대 방향으로 헤엄쳤다. 다리에 쥐가 나도록 발길질을 했지만 상처 입은 상어의 몸부림이 더 거셌다. 아주 천천히 설백천과 상어는 격류와 가까워졌다. 거세지는 물의 흐름이 느껴졌다. 이쯤에서 상어와 작살을 포기하는 게 현명하다.

목숨을 걸기에는 너무나 하찮은 것들이다. 그래서 손을 놓으려는데 상어의 몸부림이 둔해졌다. 격류를 향해 가는 속도가 느려지더니 어느 순간 그가 헤엄치는 방향으로 딸려왔다.

상어는 몇 차례 끄덕끄덕 경련을 일으킨 후 이내 움직임을 멈췄다. 설백천은 끌어오기 쉽게 작살 대신 상어의 꼬리를 잡고 헤엄쳤다.

백사장으로 상어를 끌어올린 설백천은 벌렁 드러누웠다. 상어는 일 장하고도 네 자는 더 되는 거대한 놈이었다. 딱히 의도하지는 않았는데 작살이 심장을 건드린 모양이다. 그게 아니라면 작살질 한 번에 죽을 크기의 상어가 아니었다.

잠시 호흡을 가다듬은 설백천은 허리춤에서 칼을 꺼내 상어의 배를 갈랐다. 내장은 필요가 없으니 버리고 가는 게 운

반하기 편했다.

피가 백사장을 붉게 물들였다. 내장을 꺼내 바다로 던지던 설백천의 손이 멈췄다. 뱃속에서 반짝이는 뭔가가 보였다. 손을 가져가자 핏속에서도 차가움을 전하는 금속이 느껴졌다.

설백천은 반짝이는 금속을 물에 씻었다. 중간에 하얀색의 반짝이는 돌이 박혀 있고 그 주변을 노란 금속이 둘러싸고 있었다. 손바닥 반 정도 크기의 그것에는 노란색의 줄이 매달려 있었다.

목걸이였다.

어쩌면 사람은 잡아먹혀 소화가 되었고 목걸이만 남은 것인지도 모른다. 일단 목걸이를 주머니에 넣은 설백천은 다듬은 상어를 가지고 집으로 갔다.

마당에서 빨래를 널던 고설란이 상어를 이고 온 설백천을 보더니 깜짝 놀랐다.

"그걸 잡은 거니?"

"헤헤! 이 녀석이 내 구역에서 어슬렁거리잖아. 그보다 엄마한테 줄 선물이 있어."

설백천은 주머니에서 목걸이를 꺼내 고설란에게 내밀었다.

"자!"

목걸이를 받아서 살피던 고설란은 상어를 봤을 때보다 더 놀랐다.

"이거 어디서 났니?"

"상어 뱃속에 있었어. 예쁘지?"

"당연하지. 이것만 있으면 평생 호의호식하며 살 수 있을 정도로 비싼 건데."

"그렇게 좋은 거야?"

고설란이 씁쓸하게 웃었다.

"이곳에서야 별 쓸모는 없지만."

그녀는 목걸이를 다시 설백천에게 건넸다.

"네가 보관하고 있어라."

"왜?"

"이건 내가 아니라 네가 정말 좋아하는 여자가 생기면, 그녀에게 선물해."

'좋아하는 여자' 라는 말이 나오자 절로 북섬의 그녀가 떠올랐다. 설백천은 목걸이를 받아서 다시 주머니에 넣었다.

"어쨌든 오늘은 상어고기로 포식을 하겠구나. 남은 고기로 비단하고 땔나무를 좀 사둬야겠다."

"백천아! 백천아!"

대문 밖에서 누군가 애타게 설백천을 불렀다.

"사냥꾼 고씨(高氏) 같은데?"

역시나 문을 열고 들어온 사람은 고태곤(高太昆)이었다.

“백천아! 큰일 났다!”

“무슨 일인데 호들갑이야?”

“흑강악어가! 그 괴물이 알을 낳고 있어!”

“뭐야?”

고태곤이 아연실색할 만했다. 한 마리도 처치하지 못해 쩔쩔매고 있는데 그런 흑강악어가 수십 마리로 불어나면 악인도 사람들의 생명 자체를 위협하는 일이었다.

“거기가 어딘데?”

“그놈이 사는 늪지지 어디겠냐?”

“확실해?”

“내가 이 두 눈으로 똑똑히 봤어!”

“도주한테는 얘기했고?”

“응. 너한테 가서 얘기하라던데?”

“빌어먹을 자식!”

뻔한 속셈이다. 능력이 안 되니 떠넘기는 것이고 설백천이 해결하러 갔다가 죽으면 최상의 결과일 테니까.

설백천은 마을의 술집으로 뛰어갔다. 술집은 전통적으로 도주의 소유였고 도주는 대부분의 시간을 술집 별채에서 보낸다. 왕거붕도 이제까지의 도주들과 다르지 않았다.

“왕 도주!”

술집에 들어서자마자 소리를 지르며 별채로 내달렸다. 거칠게 문을 열자 대낮부터 술판을 벌이고 있었다. 왕거붕의 무릎에 앉은 소청이 반가운 얼굴로 손짓을 했다.

"어머! 백천이 왔구나? 와서 술 한잔해라."

그녀의 드러난 왼쪽 가슴을 만지작거리는 왕거붕이 물었다.

"대낮부터 술 마시러 왔느냐?"

"흑강악어가 알 낳는다는 소식 들었잖아!"

"그래서?"

"어떻게든 그 알들을 없애야 할 것 아니야!"

"능력 있으면 네가 해보든가. 나한테는 그런 능력 없다. 청이 넌 있느냐?"

"저야 도주님 즐겁게 해드리는 능력만 있으면 되지요. 호호호!"

왕거붕은 악인도가 어떻게 되든 상관없는 녀석이었다. 물론 설백천도 다른 사람의 안위 따위는 관심 없었다. 하지만 그에게는 고설란이 있었다. 흑강악어의 숫자가 불어나 사람들을 공격하게 되면 고설란의 안위를 보장할 수 없었다.

"왕 도주 넌… 쓸모없는 인간!"

설백천은 술집을 나왔다. 밀림 가운데 있는 늪지로 향하던 설백천은 방향을 북섬 쪽으로 바꿨다. 어차피 그 혼자 힘으로는 해결할 수 없는 일이다. 흑강악어를 만든 사람이 모산도사

일 테니 그의 힘을 빌리는 수밖에 없었다.

전력으로 뛰어서 북섬에 도착한 설백천은 모산도사를 불렀다.

"도사 영감! 도사 영감!"

세 명의 흑귀가 바위틈에서 모습을 드러냈다. 그들은 하얀 송곳니를 드러내며 설백천을 위협했다. 그래도 설백천은 모산도인이 나타날 때까지 계속해서 목청을 높였다.

반각쯤 소리를 질렀을 때 한 사람이 모습을 드러냈다. 그녀였다. 눈이 부시도록 윤이 나는 머리를 길게 기른 그녀는 빛나는 커다란 눈으로 설백천을 응시했다.

"무슨 일이니?"

"응? 어… 그게……."

창백해진 머릿속에서 다행히 흑강악어라는 단어가 생각났다.

"흐… 흑강악어가 알을 낳고 있어. 그… 그거 도사 영감이 만든 게 맞지?"

그녀가 고개를 젓자 머리칼이 찰랑거렸다.

"모르겠는데? 그런데 흑강악어가 뭐야?"

"보통 악어보다 배는 더 크고 쇠처럼 단단한 검은 가죽으로 뒤덮인 놈이야. 칼도 안 들어가니 죽일 방법이 없어. 그런데 그런 놈이 알을 낳아서 수십, 수백 마리로 불어나면 큰일이잖아? 안 그래?"

그녀의 고개가 이번에는 위아래로 끄덕여졌다.

"그렇겠구나. 하지만 지금 사부님께서는 연공 중이라 움직이실 수가 없는데."

"지금 연공이 중요한 게 아니잖아! 아… 아니 너한테 화내는 건 아니고……."

고민하던 표정을 짓던 그녀가 말했다.

"알았어. 나라도 도울게."

"네가 어떻게?"

"우리 둘이 알을 없애면 되잖아?"

'우리 둘' 이라는 말이 가슴을 두근거리게 했다. 하지만 그녀를 위험하게 하는 건 마음에 들지 않았다.

"그러지 말고 영감을 부르는 게 나을 텐데."

"내 걱정 하는 거니?"

자신의 마음을 정확히 읽어내자 깜짝 놀랐다.

"아… 아니, 뭐 딱히 그렇다기보다는……."

"걱정 마. 나도 꽤 하니까."

볼을 붉적이는 설백천의 눈에 섬과 섬을 가로막고 있는 바다가 들어왔다.

"저기는 어떻게 넘을 건데?"

"다 방법이 있지."

사라졌다가 나타난 그녀의 손에는 갈고리 달린 밧줄이 들려 있었다. 머리 위에서 밧줄을 빙빙 돌린 그녀가 힘껏 손을 떨쳤다. 밧줄을 매단 갈고리는 단숨에 이십 장의 바다를 넘어 설백천 우측의 바위 위로 떨어졌다.

타앙! 따랑! 따랑!

땅에 떨어져 일 장 정도 끌린 갈고리는 바위틈에 단단하게 고정되었다. 북섬의 높은 쪽 바위에 한쪽 밧줄을 묶은 그녀는 훌쩍 뛰어 밧줄 위로 올라갔다. 그녀의 행동에 놀란 사람은 오히려 설백천이어서 간이 떨어지는 줄 알았다.

보통은 손발을 이용해 매달려서 이동하기 마련인데 그녀는 곡예사라도 되는 것처럼 껑충껑충 밧줄 위를 내달렸다. 그래서 금세 설백천이 있는 남섬의 바위에 내려설 수 있었다.

"안녕."

그녀가 인사를 했다. 엉겁결에 설백천은 손을 들어 흔들었다.

"아… 안녕."

그리고 곧 자신의 모습이 바보같이 보일 거란 생각에 얼른 손을 내렸다. 그녀가 손을 내밀었다.

"난 예야후(銳夜后)야."

드디어 그녀의 이름을 알았다. 설백천은 손을 마주 잡으며 자신의 이름을 알려줬다. 그녀의 손은 유난히 차가웠지만 그래도 좋았다.

"그럼 흑강악어를 잡으러 가볼까?"

예야후의 말에 설백천이 손사래를 쳤다.

"흑강악어를 잡는 게 아니야. 그놈은 잡기가 불가능한 놈이니까 우린 알만 없애면 돼."

"알았어. 어디로 가는 거야?"

예야후는 왠지 약간은 들떠 보였다. 설백천은 밀림 쪽으로 방향을 잡으며 물었다.

"너 남섬은 처음이니?"

"응. 북섬에는 남섬 같은 울창한 숲이 없어. 북섬에서 제일 높은 자로봉(刺路峰)에서 남섬을 볼 때마다 숲에 꼭 가보고 싶었어."

구경 삼아 가는 거면 좋을 텐데 흑강악어라는 위험을 맞이하러 가는 것에 설백천의 마음이 다 아팠다.

"참! 너 아까 상어 잡았지?"

"어? 그걸 어떻게 알아?"

"자로봉에서 백사장까지 보이거든."

설백천은 북쪽으로 고개를 돌렸지만 나무에 가려 자로봉은 보이지 않았다.

"꽤 멀 텐데 눈도 좋구나?"

"난 밤에도 대낮처럼 훤히 볼 수 있어."

아까 줄을 타는 것도 그렇고 보통을 뛰어넘는 시력도 그렇고, 예야후는 뭔가 특별한 사람 같았다.

"음… 숲 냄새 좋다."

꺄악! 꺄악!

원숭이들이 그들 머리 위를 뛰어다녔다.

"저게 원숭이라는 거지? 그렇지?"

"응."

"사부님한테 들은 적이 있는데, 정말 사람하고 비슷하게 생겼구나."

"난 저렇게 못생기지 않았어."

"귀엽기만 한데 뭘. 앗! 저건 뱀이잖아?"

마름모의 대가리에 알록달록한 무늬를 가진 뱀은 독사였다. 그런데 예야후는 뱀을 향해 손을 뻗었다.

"위험…!"

하지만 이미 늦어버렸고 위협을 느낀 뱀은 예야후를 향해 몸을 쭉 늘렸다. 뱀의 이빨이 예야후의 오른손 엄지와 검지 사이에 박혀 버렸다.

"고약한 녀석이네."

그녀는 인상을 쓰면서 뱀의 입을 벌려 이빨을 빼냈다.

"크… 큰일이야! 어서 마을로 가서 의원한테 보여야……."

"괜찮아. 난 중독 같은 건 되지 않으니까."

“그런 사람이 어디 있어? 나도 어릴 때부터 독을 많이 접해서 중독이 잘 되지는 않지만, 독에 완벽하게 안전한 사람은 없단 말이야!”

예야후는 뱀을 나무 위에 올려놓고 물린 손을 들었다. 두 개의 이빨자국이 나 있기는 했지만 핏기만 조금 보일 뿐이었다.

“봐. 아무렇지도 않잖아.”

“지금이야 피만 조금 나지만 잠시 후면 퉁퉁 부을 거라고.”

“기다려 보면 알지.”

그때가 되면 늦는다고 아무리 말해도 예야후는 듣지 않았다. 너무 답답해서 화가 날 지경이었다. 그렇게 설왕설래하는 사이 일각이라는 시간이 지났는데 예야후는 아직도 멀쩡했다. 손을 살펴보니 뱀에 물렸던 자국조차 사라져 버렸다.

“어때? 괜찮지?”

독사에 물려도 멀쩡하니 만독불침(萬毒不侵)이라는 말을 믿을 수밖에 없었다. 예야후는 여러모로 신비한 여인이었다.

그들은 늪지로 가면서 많은 얘기를 했다. 그러면서 서로에게서 공통점을 찾았다. 둘 모두 올해 열일곱 살이었고 생일은 예야후가 두 달 빨랐다. 세 달 정도 후면 예야후는 열여덟 살이 된다.

“악인도에서 태어났는데 용케 살아남았네. 사부님께 듣기로는 악인도에서 태어난 남자아이는 도주가 일부러 죽여 버린다던데.”

“사실 죽을 고비를 많이 넘겼지. 그러면서 강해졌고 이젠 도주도 날 어떻게 할 수 없어. 열여덟 살이 되면 왕거붕을 죽이고 도주가 될 거야.”

잘난 체 좀 하려고 했는데 예야후가 앞으로 펄쩍 뛰어갔다.

“여기는 신기한 동물이 많네.”

열심히 줄을 치고 있는 주먹만 한 독거미를 톡톡 건드린 그녀가 물었다.

“도주가 되면 여기서 평생 살겠네?”

“그럴 생각 없어. 악인도에서 탈출할 길을 찾을 거야.”

“어떻게?”

“아직 발견한 길은 없지만 들어왔으니 나갈 길도 있겠지.”

“음…….”

뭔가 말을 하려는 것 같은데 예야후는 망설이기만 했다. 그렇게 한참을 망설인 그녀가 말했다.

“실은 북섬에 탈출할 수 있는 길이 발견될지도 몰라.”

“정말?”

“응. 사부님과 내 거처에 수중동굴이 있는데 그게 격류지점을 지나서 잔잔한 바다까지 나 있을 거래. 사부님이 그렇게 말씀하셨어. 그런데 동굴이 워낙 많아서 찾기가 쉽지 않아.

그걸 찾느라고 야귀가 꽤나 많이 죽었어.”

“확실한 건 아니잖아?”

“수중동굴 속으로 거의 백오십 장을 전진했어. 앞으로 육 개월 안에 찾을 수 있을 거야.”

“그럼 넌 악인도를 떠나겠구나?”

“그렇게 되겠지. 너도 나갈 수 있어. 사부님께서 북섬으로 오라고 했잖아. 그럼 같이 나가지 않겠어?”

마음이야 굴뚝같지만 고설란을 두고 혼자 북섬으로 갈 수는 없었다.

“엄마 때문에 안 돼.”

“넌 엄마가 계시는구나.”

“네 부모님은?”

“내가 기억할 수 없을 때 돌아가셔서 몰라.”

“악인도에서는 흔한 일이지. 아참! 며칠 뒤에 보름달이 뜨는 날 백사장으로 놀러오지 않을래? 좋은 구경거리가 있는데.”

“무슨 구경거리?”

“와보면 알아.”

“하지만……”

“오늘처럼 요란스럽게 나오지 않아도 되잖아. 밤에는 물이 빠져나가니까.”

"사부님 몰래 나와야 하니까… 약속은 못 하겠어."

약속을 받아내지 못해 실망스럽기는 했지만 아예 못 온다고 하지도 않았으니 은근히 기대가 되기는 했다. 하긴 지금의 약속은 별 의미가 없을지도 모른다. 잠시 후에 있을 흑강악어와의 싸움이 어떻게 될지 모르니 말이다.

드디어 눅눅한 대기가 느껴졌다. 잎이 썩는 독특한 냄새도 후각을 자극했다.

"조심해. 여기서부터는 흑강악어의 구역이니까."

그들은 무성한 잡초와 빽빽하게 들어찬 나무를 피해 조심스러운 걸음을 옮겼다. 나무 위에서 방정맞은 원숭이들의 꽥꽥거리는 소리가 울렸다.

습기 가득한 땅이 밟혔다. 썩어가는 갈색 나뭇잎들과 나무를 거칠게 감싸고 있는 넝쿨들이 가득 널려 있었다. 시야는 한 자 앞을 보지 못할 정도로 숲이 울창했다. 설백천은 손으로 장애물을 치우며 느리게 움직였다.

나뭇잎에 부딪친 호흡이 다시 얼굴에 닿아 끈적함을 더했다. 묵묵히 따라오던 예야후가 낮은 목소리로 말했다.

"나무를 타고 가는 게 좋지 않을까? 덜 위험하고 흑강악어를 발견할 확률도 높을 것 같은데."

"그러다 떨어지면 끝장이야."

"안 떨어지면 되지."

“그게 마음대로…….”

말이 끝나지도 않았는데 예야후는 나무를 오르고 있었다.

“이봐! 위험하다니까!”

그녀는 넝쿨이 가득 감긴 나무를 원숭이처럼 빠르게 올라
갔다.

꺄악! 꺄악!

원숭이들이 소리를 지르며 위협을 하고 나무 열매를 던지
기도 했다. 하지만 예야후는 원숭이의 영역을 침범하는 걸 망
설이지 않았다.

나무의 적당한 곳까지 올라간 그녀는 넝쿨을 잡더니 맞은
편 나무를 향해 몸을 던졌다. 허공 오 장 위에서 넝쿨에 매달
려 날아간 그녀는 원하던 나무에 안착했다.

“어때? 쉽잖아!”

쉽기야 하지만 위험하기도 했다. 저러다 넝쿨이 끊어지는
날에는 속절없이 떨어져 바닥에서 무슨 일이 생길지도 모른
다.

그럼에도 설백천은 나무 위로 올라갔다. 예야후 혼자 위험
한 일을 하게 내버려 둘 수도 없었고, 좋아하는 그녀의 장단
을 맞춰주고 싶기도 했다.

햇빛이 파고들기 힘겨울 정도로 우거진 숲 사이에는 수많
은 넝쿨이 늘어뜨려져 있었다. 설백천은 넝쿨의 동선을 살피

다가 그중 하나를 잡았다. 힘을 주자 단단하게 얽매인 느낌이 전해졌다.

"괜찮겠지."

그는 밟고 있는 나뭇가지를 박찼다. 바람이 귓가를 스치는 소리가 요란하게 울리며 녹색의 풍경이 일제히 뒤로 밀려났다. 삼 장 건너편의 나무를 목표로 했는데 넝쿨의 길이가 생각보다 길어서 훨씬 아래쪽으로 떨어졌다. 놀란 설백천은 넝쿨을 놓고 힘껏 몸을 튕겼다.

거대한 나무가 빠르게 확대되었다. 설백천은 팔과 다리로 나무를 움켜잡았다. 제법 세게 부딪쳤지만 튼튼한 팔다리는 충격을 최소화해서 아프지는 않았다. 바로 머리 위에 있던 예야후가 말했다.

"어설픈데?"

설백천은 그녀와 나란히 있는 나뭇가지로 올라갔다.

"실수한 것뿐이야."

"그래? 그럼 제대로 따라올 수 있겠네."

예야후는 펄쩍 뛰어서 허공에 내려뜨려진 넝쿨을 움켜잡았다. 나무 사이로 그녀가 빠르게 멀어졌다.

"질 수 없지!"

설백천도 넝쿨 하나를 골랐다. 예야후의 동작이 워낙 빨랐기 때문에 신중하게 고를 시간이 없었다. 눈으로 훑고 빠르게 판단해서 몸을 던져야 했다. 두 사람은 넝쿨을 타고 나무와 나무 사이를 신나게 날았다.

시간이 더할수록 능숙해졌고 빨라졌다. 그들은 흑강악어 때문이 아니라 밀림에 넝쿨타기를 하러 온 사람들 같았다. 깔깔거리며 앞서거니 뒤서거니 하는 사이 늪지의 가장 깊숙한 곳까지 다다랐다.

그들의 기척에 놀란 새들이 날아가고 물을 마시던 노루며 물소 같은 짐승들이 후다닥 달아났다.

"날 잡으려면 그 정도 속도로는 어림없어!"

나무에 내려선 예야후가 잠시의 틈도 없이 다른 넝쿨을 향해 몸을 날리며 소리쳤다.

"내가 잡으면 보름달이 뜨는 날 백사장으로 나오는 거다!"

그녀가 밟았던 곳을 박찬 설백천은 팔뚝 두께로 자란 넝쿨에 매달렸다. 눅눅하게 습기 머금은 대기가 얼굴을 핥으며 지나갔다. 긴 치마를 펄럭이는 예야후는 고개를 돌려 웃음 가득한 얼굴을 그에게 보여 주었다.

설백천 생애에서 오직 이 순간만이 진정한 즐거움을 느끼게 했다. 하지만 호사다마(好事多魔)라는 말이 괜히 있는 게 아니었다.

투둑!

불길한 소리가 들리더니 예야후의 몸이 아래로 뚝 떨어졌다. 당황한 비명을 지른 그녀는 다른 넝쿨을 잡으려 했지만 손을 뻗은 반경에 걸린 것은 나뭇잎뿐이었다.

촤라락—!

힘없는 나뭇가지를 부러뜨리는 그녀의 추락은 그치지 않았다. 예야후는 무성한 수풀에 가려 순식간에 시야에서 사라져 버렸다.

"야후야!"

설백천은 예야후가 내려서려고 했던 나무에 닿은 후 재빨리 아래로 내려갔다. 나뭇잎이 우거져서 땅이 보이지 않았다. 지면과 대략 이 장쯤 남았고 수풀 사이로 갈색의 땅이 보일 때쯤 설백천은 나무 중간에서 얼어붙었다.

십오 장쯤 떨어진 곳에 흑강악어가 보였다. 사람 키 높이로 자란 수풀도 숨길 수 없을 정도로 놈은 거대했다. 대략 오 장쯤 되어 보이는 흑강악어는 들었던 대로 윤기 나는 검은 가죽을 두르고 있었다.

녀석의 세로로 긴 눈동자는 한곳을 뚫어지게 응시했다. 예야후가 떨어졌던 곳이다. 잠깐 멈췄던 설백천은 나무를 천천히 내려갔다.

거친 호흡은 소리를 낮췄고 나무를 타는 팔다리는 조심스러웠다. 흑강악어를 자극하지 않기 위해 최대한 느리게 움직였다. 지면에서 일 장 정도 거리에서 예야후를 불렀다.

"야후야."

속삭이는 정도로 낮은 목소리였다. 그녀는 키 큰 잡초에 가려 아직도 보이지 않았다. 거칠게 자란 잡초 사이에서 그녀의 목소리가 들렸다.

"움직일 수가 없어."

"다친 거야?"

"아니. 늪이야. 점점 빠지고 있어."

풀까지 자란 늪이라면 점성이 아교에도 뒤지지 않을 것이다. 빠지면 혼자 힘으로는 절대 나올 수 없는 늪이었다.

"가만히 있어. 나오려고 하면 더 빨리 빠지니까."

설백천은 허리에서 칼을 뺐다.

스릉―

칼이 빠지는 소리가 낮게 울렸다. 그게 흑강악어의 신경을 거스른 듯 꼬리가 한차례 움직였다. 설백천은 서두르면 안 된다는 말을 되뇌이며 칼로 넝쿨을 잘랐다. 칼날이 넝쿨을 스치는 소리가 유난히 크게 들렸다.

철퍽!

흑강악어가 기어코 한 발을 뗐다. 단 한 걸음일 뿐인데 워낙 덩치가 커서 성큼 다가온 것 같았다. 마음이 급해졌다. 설백천은 자른 넝쿨을 예야후의 목소리가 들린 수풀 사이로 내려뜨렸다.

“어서 잡아.”

흑강악어의 발걸음 소리가 빨라졌다. 코에서 뿜어 나오는 숨소리가 거칠게 들렸다.

“야후야! 잡았어?”

이젠 목소리를 낮출 필요가 없었다.

“안 보여!”

철퍽! 철퍽!

녀석이 움직이자 수풀이 우수수 넘어졌다. 흑강악어의 몸이 쑥 꺼졌다. 예야후가 빠진 늪으로 들어간 것이다. 어쩌면 놈도 늪에 빠져 움직이지 못할지 모른다.

하지만 설백천의 기대는 그저 기대로 끝났다. 놈은 늪의 주인답게 점성 강한 늪을 헤엄쳐서 넝쿨이 내려뜨려진 곳으로 다가갔다. 이제 고작 오 장 정도밖에 남지 않았다. 나뭇가지 위에 서 있는 설백천은 손에 쥔 넝쿨을 마구 흔들었다.

“여기 있잖아!”

넝쿨이 수풀에 부딪쳐 차라락거리는 소리를 만들었다. 넝쿨이 왼쪽으로 갔다가 우측으로 치우칠 때 손이 불쑥 솟아오르더니 넝쿨을 잡았다.

“꽉 잡아!”

설백천은 몸을 뒤로 젖히며 힘을 썼다. 한껏 힘을 썼는데도 예야후는 단숨에 딸려오지 않았다. 가슴 깊이 이상 빠졌던 모양이다.

흑강악어의 입이 벌어지며 울퉁불퉁한 이빨이 드러났다.

"끄응—!"

설백천은 있는 힘껏 넝쿨을 끄집어 올렸다. 아직도 예야후의 몸무게보다 열 배는 더 큰 힘이 그녀를 잡고 있었다.

"올라와… 제발!"

입을 쩍 벌린 흑강악어가 힘차게 꼬리를 흔들었다. 넝쿨과는 고작 일 장도 남지 않았다. 이제는 설사 빠져나온다고 해도 흑강악어의 속도를 따돌릴 수 없었다.

"제길!"

넝쿨을 놓은 설백천은 흑강악어를 향해 뛰었다. 정확히 콧등으로 떨어진 그는 의외로 미끄러운 피부에 제대로 서지 못하고 넘어졌다. 엉겁결에 팔을 뻗어 잡은 것은 흑강악어의 이빨이었다.

설백천의 갑작스러운 출현에 놀란 흑강악어가 머리를 마구 흔들었다. 설백천은 온몸을 밀착시켜 버티며 예야후에게 소리쳤다.

"어서 올라가!"

정신없이 어지러운 시야 안에 넝쿨을 잡은 예야후가 보였다. 얼굴까지 진흙을 묻힌 그녀는 다행히 늪을 완전히 빠져나와 넝쿨에 매달려 있었다.

"백천아!"

"올라가라니까! 난… 괜찮아!"

물론 말뿐이다. 여기서 떨어지면 당장 흑강악어의 밥이 될 것이다. 머리를 흔들어 설백천을 떨어뜨리려던 흑강악어는 여의치 않자 몸을 돌리기 시작했다.

설백천은 늪 속으로 완전히 잠겨 버렸다. 기분 나쁜 끈끈함이 전해지더니 이내 밝은 세상으로 튀어나왔다. 늪 속과 바깥을 얼마나 왕복했는지 모른다. 설백천은 그저 눈을 감고 오로지 버티는 데만 온 신경을 집중했다.

그의 팔다리에 힘이 빠지듯이 흑강악어의 움직임도 느려졌다. 한참을 돌던 흑강악어가 갑자기 헤엄을 쳐서 늪을 빠져나왔다. 그러더니 땅에 자란 나무를 향해 돌진했다.

쿠웅!

커다란 소리와 함께 설백천의 몸은 공중으로 붕 떠올랐다. 머리를 아래로 향한 그의 시야에 허공을 향해 입을 벌리는 흑강악어가 보였다.

퍽!

등에 육중한 통증이 느껴졌다. 시간이 멎은 것처럼 순간적으로 신형이 허공에서 정지했다. 이대로 떨어지면 벌어진 흑강악어의 입안으로 들어갈 수밖에 없었다. 그 순간 설백천은 나무를 향해 팔을 휘둘렀다.

손등이 나무를 치자 그 반동으로 몸이 앞으로 나갔다. 그 거리는 얼마 되지 않았지만 그대로 흑강악어의 입속으로 떨어지는 것은 막아주었다.

설백천이 거꾸로 처박힌 장소는 흑강악어와 불과 두 자도 떨어지지 않은 곳이었다. 설백천을 입으로 받을 준비를 하던 흑강악어는 고개를 옆으로 돌려 한입에 삼키려고 했다. 놈의 입에서 지독한 악취가 풍겼다.

설백천은 몸을 데굴데굴 굴렸다. 진흙이 묻은 몸에 낙엽이 잔뜩 달라붙었다.

크응!

흑강악어의 콧바람에 낙엽 몇 장이 날아갔다. 벌떡 일어난 설백천은 황급히 뒤로 물러섰다.

"백천아!"

진흙투성이인 예야후가 안타까운 외침을 토해냈다.

"내가 이놈을 유인할 테니까 넌 알을 찾아서 깨버려!"

"안 돼! 너 혼자…!"

"난 괜찮으니까 어서 가!"

"난 알이 어디 있는지 모른단 말이야!"

"물가에 모래가 있는 곳이 있을 거야! 악어는 모래에 알을 낳으니까 그런 곳을 찾아!"

말을 하는 사이 흑강악어가 덮쳤다. 뭍에서 흑강악어의 움직임은 오히려 늪에서보다 빨랐다. 동작 빠른 고양이만큼이나 민첩했다. 깜짝 놀란 설백천은 몸을 날렸다. 그의 곁을 지나친 흑강악어의 콧등에 부딪친 나무가 부러져 나갔다.

흑강악어는 성난 듯 몸부림을 쳤고 몸통이며 꼬리에 걸린 것은 뭐 하나 성한 게 없었다. 심지에 바위조차 산산조각으로 부서졌다.

설백천은 몸을 돌려 달리기 시작했다. 거친 나뭇잎과 잡초가 몸을 때리고, 나뭇가지는 얼굴에 상처를 남겼다. 발을 내딛을 때마다 고통이 찾아왔지만 속도를 줄일 수는 없었다. 아무리 큰 고통도 죽음보다는 나은 법이니 말이다.

흑강악어는 걸리는 모든 것을 부수면서 설백천을 쫓아왔다. 가끔 거대한 나무가 가려주지 않았다면 잡혀도 벌써 잡혔을 만큼 흑강악어는 빨랐다.

눈앞을 가득 메운 이파리와 잡초를 손으로 쳐내며 죽을힘을 다해 달렸다. 그런데 어느 순간 눈앞으로 시커먼 어둠이 덮쳤다. 멈추려고 했지만 너무 늦어버렸다.

쿵!

커다란 나무에 부딪친 설백천은 아득함을 느끼며 뒤로 쓰러졌다. 흑강악어의 구취가 얼굴을 덮쳤다.

그녀가 쫓아간다고 뾰족한 방법이 없었다. 설백천 말대로 지금은 각자 해야 할 일을 하는 것이 최선이었다. 나무를 내려온 그녀는 늪지를 빙 돌아서 갔다. 잡초만 무성한 곳은 피하고 나무가 있는 지대에만 발을 디디면 늪에 빠질 염려는 없을 것 같았다.

그렇게 흑강악어가 원래 있던 곳에 다다랐다. 악어에게도 모성본능 같은 게 있다면 알이 있는 곳에서 멀리 떨어지지는 않았을 것이다.

예야후는 모래를 찾아 땅만 보고 걸었다. 풀을 헤치며 한참을 가는데 뭔가 후다닥 옆을 지나갔다. 깜짝 놀라 고개를 돌린 그녀의 눈에 노루의 머리가 보였다가 사라지기를 반복했다.

놀란 가슴을 쓸어내린 예야후는 몇 걸음을 더 옮긴 끝에 연못을 발견했다. 방금 그 노루는 물을 마시다가 그녀의 기척에 놀라 달아난 것 같았다.

물이 그리 맑지 않은 연못은 지름이 이십 장에 달할 정도로 넓었다. 연못 안에는 간간이 물고기도 보였다. 예야후는 연못 주변의 수풀을 헤치며 모래로 만들어진 땅을 찾았다.

하지만 연못에 면한 땅은 모두 질척질척한 진흙이었고 풀이 잔뜩 자라 있었다.

"이 연못이 아닌가?"

또 다른 곳에 물이 있을 수도 있었다. 흑강악어가 있던 곳을 중심으로 뒤진다고 해도 그 범위가 너무 넓었다. 연못 주위를 한 바퀴 돈 예야후는 잠시 망설이다가 다시 발길을 옮겼다. 특별히 마음에 둔 곳은 없었다. 우두커니 있는 것보다는 돌아다녀 보는 게 그나마 낫기 때문에 움직이는 것이다.

그녀는 다른 연못을 찾는 것보다 지금 발견한 연못의 둘레를 좀 더 크게 돌아보기로 했다. 스무 발자국을 북쪽으로 이동한 후 연못가를 따라 움직이기 시작했다. 멀리서 흑강악어의 기척이 요란하게 울렸다.

'백천이는 괜찮을까?'

설백천은 흑강악어 쪽으로 몸을 굴렀다. 녀석의 아래턱이 어깨를 스친 후 땅바닥을 때렸다. 흙더미가 얼굴에 튀어 가시에 찔린 듯한 아픔을 안겨줬다.

머리 위로 그림자가 드리워졌다. 눈앞의 흙을 털어내자 떨어지는 흑강악어의 발바닥이 보였다. 설백천은 다시 한 번 몸을 굴렀다.

쿵!

녀석의 발톱이 머리를 스치며 화끈한 통증이 느껴졌다. 확인하지 않아도 피가 날 만한 상처라는 걸 알 수 있었다. 설백천은 흑강악어에게서 멀어지는 대신 다리에 매달렸다. 워낙 거대했기 때문에 몸을 웅크리면 다리에 달라붙어 있는 게 가능했다.

녀석은 입을 움직여 설백천을 삼키려 해보지만 콧김만 겨우 전해질 뿐이었다. 다리를 털고 꼬리까지 휘둘러 봐도 매달린 설백천을 건드릴 수가 없었다.

혼자 몸부림을 치던 흑강악어는 이번에도 구르기 시작했다. 늪과 달리 땅은 딱딱했기에 한 번씩 부딪칠 때마다 뼈가 으스러지는 듯한 고통을 느껴야 했다.

설백천은 채 세 바퀴를 견디지 못하고 다리를 놨다. 크게 튕겨져서 허공을 나는 것은 알겠는데 어디로 어떻게 떨어질지는 알 수 없었다. 그의 몸은 통제를 완전히 벗어나 있었다.

초록색과 황토색의 세상이 어지럽게 돌아가더니 허리에 충격이 전해졌다.

"크윽!"

나무에 부딪친 설백천은 거칠게 땅과 조우했다. 본능적으로 일어서려 했지만 갑자기 숨이 막혀서 꼼짝할 수가 없었다. 잔 숨을 쉬면서 호흡을 가다듬는데 흑강악어가 다가오는 진동이 느껴졌다.

고개를 돌리자 뒤뚱뒤뚱 가까워지는 흑강악어가 보였다. 허리의 격통은 여전했고 손가락 하나 움직이기 힘들었다. 흑강악어의 고개가 끄덕끄덕하더니 입이 쩍 벌어졌다. 실감할 수 없는 죽음의 그림자가 드리워지고 있었다.

예야후는 걸음을 멈췄다. 발밑에서 들린 사각거리는 소리 때문이었다. 하지만 그녀가 밟고 있는 땅은 풀로 덮여 있었다. 혹시 몰라서 손으로 풀잎을 걷어내 보았다. 풀은 너무 쉽게 땅에서 물러났다. 뿌리를 박고 있는 게 아니라 그냥 덮여 있었을 뿐이었다.

풀을 걷어내자 모래로 된 땅이 나왔다. 사람이나 다른 짐승이 일부러 풀을 얹어놓지는 않았을 것이다. 짐작하기로는 혹 강악어가 다른 짐승들의 발에 밟혀 알이 깨지는 걸 방지하기 위해 풀을 덮어놓았을 가능성이 높았다.

그녀는 뿌리박히지 않은 근처의 풀들을 모두 걷어냈다. 범위가 꽤 넓어서 반경 오 장은 되었다. 예야후는 손으로 모래를 파내기 시작했다. 얼마나 깊이 파야 하는지 알 수 없어서 두 자 정도의 깊이로 넉넉하게 파헤쳤다.

십오 년 동안 무공으로 단련된 그녀의 손은 겉보기와 달리 단단했다. 삽을 이용하는 것처럼 순식간에 헤집어진 모래는 습기 머금은 어두운 색깔을 드러냈다.

양손으로 모래를 퍼서 뒤로 날리던 예야후의 손길이 멎었다. 딱딱한 뭔가가 손끝에 느껴졌다. 그녀는 오른손으로 모래를 걷어냈다. 타원형으로 둥글고 반들반들한 그것은 길이가 두 뼘에 이를 정도로 커다란 알이었다. 보통의 알과 다르게 검은색을 띤 알은, 그래서 흑강악어의 것이라고 확신할 수 있었다.

주변을 모두 걷어내 옹기종기 모여 있는 열두 개의 알을 찾아냈다. 예야후는 잠깐이나마 망설였다. 알 또한 생명이라고 할 수 있는데 이것들을 깬다는 게 내키지 않았다. 하지만 하나의 생명을 죽임으로써 백을 살릴 수 있다는 생각이 그녀를 움직이게 했다.

묵직한 알을 들어서 다른 알을 내리쳤다. 퍽! 하는 소리와 함께 두 개의 알이 산산조각으로 부서졌다.

흑강악어의 이빨이 시야에 가득 들어왔다. 아무리 설백천의 몸이 단단하다고 해도 저 이빨이라면 뼈를 가루로 부숴 버릴 것이다.

한낱 짐승에게 죽는 게 너무 억울했다. 악취 가득한 입이 시커먼 어둠을 몰고 왔다. 대부분의 사람들은 죽음의 순간에 눈을 감는다. 지금까지 수많은 죽음을 봐왔지만 한 번의 예외도 없었다.

이제 그 이유를 알 수 있을 것 같았다. 설백천 또한 자신도 모르게 죽음을 외면하기 위해 눈을 감은 것이다. 흑강악어의 숨결에 머리칼이 날렸다.

죽음 자체와 죽음이 수반한 고통이 두려움으로 다가왔다.

그래서 이를 악물었다.

죽음을 각오한 순간이 무척이나 길게 느껴졌다. 악취도 더 이상 풍기지 않았다. 뭔가 이상하다는 생각에 실눈을 뜨자 뒤로 돌아간 흑강악어의 머리가 보였다.

까르르르—!

흑강악어의 목 아래쪽이 울리면서 이상한 소리가 토해졌다. 흑강악어는 더 이상 설백천에게 관심을 가지지 않았다. 몸을 돌린 흑강악어는 왔던 길을 되돌아가기 시작했다. 설백천을 쫓을 때만큼이나 빠른 속도였다.

흑강악어의 꼬리에 걸린 나무들이 설백천 주위로 쓰러졌다. 얼굴 위로 떨어진 나뭇가지들을 팔로 막은 설백천은 심호흡을 몇 번 한 후에 힘겹게 움직였다.

뼈마디마다 우두둑! 하는 비명을 터트렸다.

"끄응—!"

신음과 함께 일어선 설백천은 흑강악어가 간 쪽으로 비칠비칠 걸음을 옮겼다. 녀석이 황급히 돌아간 이유는 예야후가 알을 깨뜨렸고 본능적으로 그것을 알았기 때문일 것이다.

예야후가 빨리 도망치지 않으면 위험할 수도 있었다.

나무 부서지는 소리가 점점 가까이 들렸다. 고개를 돌리자 흔들리는 나무들이 보였다. 다가오는 속도가 무섭도록 빨랐다. 열두 개의 알을 모두 깨트린 예야후는 다시 한 번 주위를 살폈다.

더 이상의 알은 보이지 않았다. 흑강악어의 모습이 시야에 들어오지는 않았지만 대충 칠십 장 남짓 떨어진 것 같았다. 이 정도 거리면 도망치는 데 문제는 없었다.

몸을 돌려 열 걸음쯤 뛰었을까? 발에 채인 풀이 허공으로 치솟았다. 심어진 풀이 아니라 덮였다는 뜻이었다. 가까워지는 흑강악어의 기척에 잠시 망설인 그녀는 바닥을 덮은 풀을 치웠다. 그곳에 역시 모래가 있었다.

예야후는 덮인 풀을 치우기 시작했다. 다행히 풀이 덮인 면적이 이전 것보다는 작아서 너비가 오 장 정도 되었다. 흑강악어가 거칠게 땅을 밟는 진동이 느껴졌다. 그만큼 가까워진 것이다.

그녀는 열심히 손을 놀렸다. 알을 찾는 데 집중하려 했지만 자꾸 흑강악어가 다가오는 쪽으로 시선이 갔다. 이제 거리는 채 삼십 장도 남지 않은 것 같았다. '다음 기회를 노릴까?' 라는 생각이 설핏 스칠 때 손끝에 알의 감촉이 느껴졌다.

이전보다 훨씬 얕은 깊이로 묻혀 있어서 생각보다 빨리 찾을 수 있었다. 예야후는 알이 잡히는 대로 던져서 깨트렸다. 여섯 개째 알을 깨트렸을 때 흑강악어가 일으킨 진동은 몸을 흔들리게 했다.

쿵! 쿵! 쿵! 쿵!

모래를 파헤치는 손이 절로 떨렸다. 나란히 놓인 두 개의 알이 있고 더 이상의 알은 보이지 않았다. 그녀가 그 두 개의 알을 들어 올렸을 때 흑강악어가 내뿜는 특유의 악취가 풍겼다.

고개를 돌리자 채 일 장도 떨어지지 않은 그곳에 흑강악어가 있었다.

끄어어어ㅡ!

한껏 입을 벌려 어떤 맹수에게서도 들을 수 없었던 목소리를 토해낸 흑강악어가 한 발을 성큼 내딛었다. 온 체중을 실은 육중한 걸음은 예야후를 들썩이게 했다. 주춤주춤 물러서는 그녀를 향해 흑강악어가 다시 한 번 포효를 했다.

하지만 위협만 가할 뿐 공격을 하지는 않았다. 예야후는 자신이 들고 있는 알 때문이라는 걸 깨달았다. 그녀는 위협적으로 손에 든 알을 들어 올렸다. 그러자 흑강악어가 내딛으려던 발을 허공에서 멈추고 움직이지 않았다.

"그래. 그렇게 가만히 있어."

예야후는 뒷걸음질로 천천히 흑강악어와의 거리를 벌렸다. 그녀가 멀어지는 만큼 흑강악어가 쫓아왔다. 그녀는 이제 자신의 목숨이 되어버린 알을 가슴에 안고 조심스러운 걸음을 옮겼다. 실수로 떨어뜨리기라도 하면 그 순간 흑강악어가

덤벼들 것이다.

더위와 긴장 때문에 땀이 비 오듯 흘렀다. 이마를 타고 흐른 땀은 자꾸 눈을 따갑게 했다. 양손에 든 알 때문에 눈을 깜빡이거나 고개를 젓는 것으로 땀을 털어낼 뿐이었다. 하지만 그것만으로는 눈에 땀이 들어가는 것을 막을 수 없었다.

예야후는 어쩔 수 없이 알을 든 팔을 올려 소매로 눈가와 이마의 땀을 닦았다. 그런데 땀이 난 곳은 이마뿐만이 아니었다. 손이 기울자 땀이 난 손바닥은 반들반들한 알을 미끄러지게 만들었다.

"앗!"

그녀만큼이나 놀란 흑강악어의 몸도 굳었다. 예야후는 황급히 떨어지는 알을 향해 발을 내밀었다. 알은 다행히 그녀의 발등에 떨어져 깨지는 것을 면했다. 안도의 한숨을 쉰 예야후는 허리를 숙여서 알을 잡으려 했다. 하지만 한 손으로 쥐기에는 알이 너무 컸다.

뾰족한 흑강악어의 눈동자는 시종 위태로운 알에서 떨어지지 않았다.

"거기 가만히 있어."

흑강악어를 타이른 예야후는 알을 든 손을 아래로 내려뜨려서 발등의 알을 집으려고 했다. 그런데 그만 손에 들고 있던 알도 미끄러져 버렸다.

깜짝 놀라 본능적으로 또 발을 내밀었지만 그곳에는 이미 알이 하나 놓여 있었다. 결국 부딪친 두 개의 알은 동시에 하얀 액체를 뿜어내며 깨져 버렸다. 단 한 개의 알도 건지지 못했다. 즉 흑강악어의 공격을 방어해 줄 방패가 사라진 것이다.

잠시 깨진 알을 응시하던 흑강악어의 입에서 성난 포효가 터졌다. 예야후는 돌아서서 뛰기 시작했다. 흑강악어가 쫓아오면서 부순 나무가 먼저 와서 등을 때렸다. 따끔하거나 둔탁한 느낌이 계속 찾아오더니 어느 순간 화끈한 통증이 느껴졌다.

비명이 절로 터지는 고통과 함께 뭔가 발에 걸려서 넘어졌다. 앞으로 쭉 미끄러진 그녀는 어깨 너머로 손을 가져갔다. 굵은 나뭇가지가 잡혔다. 나뭇가지를 뺀 그녀는 지척으로 다가온 흑강악어를 향해 던졌다.

날카로운 소리를 내며 날아간 나뭇가지는 흑강악어의 콧등을 때렸지만 아픔조차 주지 못한 것 같았다. 쩍 벌어진 입이 빠르게 다가왔다. 몸을 날리는 그녀의 옆구리를 흑강악어의 아래턱이 치고 지나갔다.

족히 삼 장은 날아간 그녀는 나무에 부딪쳤다. 추락은 고작 두 자도 이어지지 않고 나무 중간에 있는 나뭇가지에 걸렸다. 그것이 예야후에게는 행운이었다.

재빨리 나뭇가지에 올라선 그녀는 펄쩍 뛰어서 위로 올라갔다.

쿵!

흑강악어가 아름드리나무를 콧등으로 들이받았다. 나무의 뿌리가 들썩이더니 두 번째 충돌에 서서히 몸을 뉘었다. 예야후는 내려뜨려진 넝쿨을 잡고 건너편 나무로 이동했다. 넘어진 나무가 그녀의 등을 훑고 지나갔다.

넝쿨이 어떤 나무와 연결되어 있는지 살필 겨를도 없었다. 그저 잡을 수 있는 넝쿨을 향해 무조건 몸을 날렸다. 흑강악어는 모든 장애물을 산산조각으로 부수면서 그녀를 쫓았다.

조금만 지체하면 그녀가 선 나무가 부러져 땅에 떨어질 수밖에 없었다. 온통 푸른 세상이 정신없이 뒤로 밀려났다. 남섬의 밀림을 부러워했는데 이제는 지긋지긋했다. 빨리 이곳을 벗어나 바위투성이의 북섬으로 가고 싶었다.

"야후―! 예야후―!"

어디선가 설백천의 외침이 들렸다. 그녀의 귀가 특별하게 밝지 않다면 들을 수 없을 정도로 멀리 떨어진 곳이었다. 그녀는 목숨이 걸린 도주를 하면서도 안도의 한숨을 쉬었다. 설백천이 무사하다는 사실이 눈물이 핑 돌 정도의 기쁨으로 다가왔다.

얼마쯤 도망쳤을까? 그녀의 옷은 반 넘어 찢어졌고 온몸은 상처투성이였다. 유난히 상처가 빨리 낫는 신체가 아니었다면 출혈과다로 죽었을지도 모른다.

점점 잡을 수 있는 넝쿨의 수가 줄어들었다. 그것은 곧 밀림이 끝나간다는 것을 의미했다. 숲을 빠져나가는 것은 좋았지만 당장 넝쿨이 없어지면 도망치기가 난감했다. 그녀가 그토록 빨리 도망치는데도 흑강악어는 발밑에서 쫓아오고 있었다.

드문드문 이어지던 넝쿨이 어느 순간 눈앞에서 사라졌다. 흑강악어는 바로 아래서 그녀가 서 있는 나무를 들이받기 위해 돌진하고 있었다.

예야후는 전면에 있는 나무를 향해 몸을 날렸다. 쿵! 하는 소리와 함께 그녀가 서 있던 나무가 우지끈 부러졌다. 나뭇가지를 잡고 몸을 한 바퀴 돌린 그녀는 가까이 있는 나무를 향해 몸을 튕겼다.

넝쿨을 타고 날듯이 갔어도 흑강악어를 따돌리지 못했는데 그저 나무 사이를 뛰는 것만으로는 속도가 턱없이 느렸다.

또 하나의 나무를 타고 목표로 했던 나무를 향해 몸을 날리는데, 그 나무가 흔들리더니 서서히 몸을 뉘었다. 그녀는 가까스로 쓰러지는 나무에 올라탔다. 하지만 그것으로 나무 타기는 끝이었다.

쿠웅!

나무가 쓰러지면서 그녀의 몸을 한 자쯤 띄워놓았다. 보지 않아도 흑강악어가 덮쳐온다는 걸 알 수 있었다.

이젠 울창한 숲을 뛰어서 도망치는 수밖에 없었다. 쓰러진 나무에서 뛰어내리려는데 갑자기 몸이 앞으로 기울었다. 그러더니 올라타 있는 나무가 미끄러지기 시작했다. 키 높이로 자란 잡초가 갑자기 사라지고 시야가 탁 트였다.

나무가 미끄러져 내려가는 곳은 경사가 급한 계곡 같은 곳이었다. 나무에 부딪친 흙이 소나기처럼 얼굴을 때렸다. 예야후는 손으로 얼굴을 가리며 나무에 납작하게 엎드렸다. 보슬보슬한 흙으로 된 계곡은 꽤나 깊어서 한참을 내려갔다.

예야후는 뒤로 고개를 돌렸다. 역시 끈질긴 흑강악어는 나무처럼 계곡을 미끄러져 그녀를 쫓아왔다. 황토와 모래가 섞인 흙은 물러서 흑강악어의 몸을 반쯤 파묻고 있었다.

한참을 내려간 나무는 결국 계곡의 바닥에 처박혔다. 그 충격으로 앞으로 튕겨 나간 예야후는 나뭇가지를 부러뜨리고 바닥에 내동댕이쳐졌다. 다행히 흙이 물러서 크게 아프지는 않았다.

그녀는 재빨리 일어서서 달렸다. 흙이 너무 고와서 거의 발목까지 파묻혔다. 뒤에서 들린 육중한 소리에 고개를 돌리자 흑강악어에게 부딪친 나무가 그녀를 덮치는 게 보였다. 화들짝 놀란 예야후는 펄쩍 뛰었다.

　나무의 기둥이 발밑을 스쳐가고 이어서 밀려온 나뭇가지가 등을 때렸다. 앞으로 날아간 예야후는 머리부터 떨어졌다. 아픔보다는 입안 가득 머금은 흙이 더 고역스러웠다.

　입안의 이물질을 뱉으며 일어선 그녀는 먼저 흑강악어를 확인했다. 바닥까지 완전히 다다른 흑강악어는 엉금엉금 그녀를 쫓아오고 있었다.

　계곡 바닥의 폭은 이십 장 정도로 그리 넓지 않았다. 예야후는 바닥을 지나 비탈을 오르기 시작했다. 발을 디디는 부분의 흙은 뒤로 쉽게 물러났다. 흙이 너무 연해서 조심하지 않으면 속절없이 미끄러질 수밖에 없었다.

　비탈을 오르면서도 이런 도주가 의미가 있을까 하는 생각이 들었다. 이런 굼벵이 같은 속도로는 흑강악어의 추격을 따돌릴 수 없을 것이다.

　그런데 걸음을 옮기기 힘든 무른 흙이 오히려 그녀에게는 천운이었다. 계곡을 올라오려는 흑강악어는 그 육중한 몸무게 때문에 조금 올라왔다가 미끄러지는 상황을 반복하고 있었다.

　예야후는 조심스럽게 걸음을 옮겼다. 미끄러지는 날에는 아래에서 기다리는 흑강악어의 입속으로 들어가게 될 것이다. 중심을 낮춰서 손과 발을 이용해 엉금엉금 비탈을 올라갔다.

족히 한 시진은 걸린 것 같은 긴 시간 끝에 예야후는 계곡의 턱을 밟을 수 있었다. 편편한 땅에 올라선 그녀는 드러누워 긴 안도의 한숨을 내쉬었다.

죽음의 늪에서 빠져나와 바라본 하늘은 유난히 파랬다. 느리게 흘러가는 구름을 보며 거친 숨을 가라앉히고 있는데 시야에 얼굴 하나가 쑥 나타났다. 여러 개의 자잘한 상처를 달고 있는 설백천이었다.

"힘들었지?"

그의 얼굴을 보자 울음이 터질 것 같아 아랫입술을 꼭 깨물고 그저 고개만 끄덕였다.

"가야지. 조금 있으면 해 떨어질 거야."

예야후는 설백천이 내민 손을 잡고 몸을 일으켰다.

"다친 곳은 없어?"

그의 물음에 비로소 나무가 박혔던 등이 생각났다. 조금 욱신거리기는 했지만 상처는 금세 나을 것이다.

"난 괜찮아. 넌?"

"나도 몇 군데 긁힌 것뿐이야."

그들은 잡은 손을 놓지 않고 숲을 빠져나왔다. 위험을 겪기는 했으나 둘 다 무사하니 유쾌한 모험이었다는 생각이 들었다.

"알은 다 깼어?"

“두 군데 있던 건 다 깼는데 또 있을지도 몰라. 근처를 다 확인한 건 아니니까.”

“두 군데 있는 걸 모두 처리했다면 된 거야. 사냥꾼 고씨 말에 의하면 악어는 두 군데다 알을 낳는대.”

“휴—! 그럼 임무는 완수한 거네.”

“네 덕분에.”

“네가 악어를 유인해 준 덕분이지.”

손을 잡은 그들은 이런저런 얘기를 하며 북섬이 있는 곳에 도착했다. 서로 헤어지기 싫은 마음은 간절했지만 이제 돌아가야 할 시간이었다.

“보름달이 뜨는 날에 꼭 나와야 해.”

약속할 수 없는 예야후가 더 안타까웠다. 한참을 미적거리던 예야후는 아쉬운 마음으로 설백천의 손을 놓고 돌아섰다.

난생 처음 목숨의 위협을 느꼈고, 진정한 즐거움도 만끽했다. 의미 깊은 유월의 어느 날이었다.

第四章

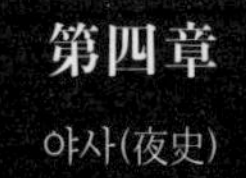

유재영은 사람들에게 둘러싸여 환영을 받고 있는 설백천을 물끄러미 보았다. 그러다가 술집 벽에 기대 못마땅한 시선을 던지고 있는 왕거붕을 보고 피식 웃음을 터트렸다.

현재의 권력과 미래의 권력이 극명하게 대비되는 모습이었다. 보아하니 그가 설백천을 죽이지 않으면 몇 달 뒤 틀림없이 설백천이 도주가 될 것 같았다.

문득 '설백천에게 무공을 가르쳐 줄까?' 라는 생각이 기웃했다. 하루 한두 시진의 귀찮음만 감수하면 안 될 것도 없었다.

　왕거붕의 제안을 받아들이는 것보다 그쪽으로 마음이 쏠리는 건, 솔직히 지금 설백천의 머리를 쓰다듬고 있는 여인이 큰 작용을 하고 있었다.

　악인도에 와서 그의 마음을 이토록 흔드는 여인을 만날 줄은 상상조차 하지 못했다. 하루가 멀다 하고 꿈에 나타나는 여인 때문에 무형권을 익히는 것조차 지장을 받을 정도였다.

　여인의 시선이 유재영을 스쳐가는 듯하더니 다시 돌아와서 그에게 고정되었다. 그는 자신도 모르게 시선을 돌렸다. 여인의 시선조차 제대로 받지 못할 정도로 그녀에게 빠져 있었다.

　'어서 결단을 내려야겠군.'

*　　*　　*

　"상청도로 유배형을 처한다!"

　판관의 말이 떨어지자 하명운(河明運)과 이철장(李哲長)은 보이지 않게 미소를 지었다. 그들이 의도했던 대로 악인도행이 결정되었다.

　올해 스물네 살로 동갑인 하명운과 이철장은 겨우 세 달 전에 청산권문에 투신한 자들이었다. 그런 그들에게 유재영의 소재를 파악하는 막중한 임무가 주어진 건, 유재영이 그들의 얼굴을 모르기 때문이다.

원래 열두 명의 신입문인에게 임무에 대한 제안이 들어갔다. 야심만만한 여섯 명이 선뜻 지원을 했고 그중 하명운과 이철장이 낙점을 받았다.

물론 악인도로 가는 것이 위험천만한 임무이기는 하지만 제대로 성공하기만 하면 청산권문에서 출세는 보장되는 것이나 마찬가지다.

족쇄 때문에 종종걸음을 걷던 하명운이 나란히 가는 관원에게 물었다.

"저흰 언제쯤 악인도로 가는 겁니까?"

대답 대신 손이 날아와 뒤통수를 때렸다.

"그딴 것 알아서 뭐하게!"

그래도 때린 것이 미안했던지 감옥으로 들어가기 전에 관원이 늦은 대답을 해줬다.

"한 달이다."

*   *   *

그것은 싸움이면서 또한 암묵적인 무공의 전수이기도 했다. 그럼에도 유재영의 공격은 매서웠다. 살의는 품지 않았으나 제대로 맞으면 뼈 한두 개쯤은 쉬이 부러질 정도의 힘을 가지고 있었다.

하지만 설백천도 쉽게 무너지지 않았다. 싸움을 빙자한 무공 전수는 고작 보름이었다. 그런데 설백천은 사량발천근의 묘리를 어느 정도 터득하고 있었다.

무서울 정도로 빠른 속도였다. 한 사부 밑에서 일 년 이상 배워본 적이 없다는 말을 들었는데 그 말이 실감났다.

'언젠가는 이 녀석이 나도 죽이려고 하겠군.'

설백천이 살부사라는 별명을 지니고 있는 건 알고 있었다. 그런 녀석을 가르치고 있는데도 그리 기분 나쁘지 않는 것은, 아마 설백천의 무공에 대한 재능 때문일 것이다.

가르치는 맛이라는 건 제자를 둔 사람이 느끼는 가장 큰 기쁨 중 하나였다. 유재영의 첫 제자는 단숨에 그런 기쁨을 느끼게 했고 아마 다시는 이런 기쁨을 느끼지 못할 것이다. 설백천 이상의 자질을 가진 제자는 찾지 못할 테니 말이다.

근 두 시진을 쉼 없이 어울리고 나니 설백천이나 유재영 모두 어깨로 숨을 쉴 정도로 지쳤다. 시간도 꽤나 되어서 서쪽 하늘이 붉어지기 시작했다.

"유 사부. 오늘은 여기까지."

건방진 녀석이다. 사부라는 호칭을 쓰면서 존대를 들은 적은 없었다. 거기에 무공 시간은 자기 마음대로였다.

"고작 두 시진 만에?"

“오늘 밤에는 일이 있거든. 유 사부도 빨리 엄마한테 가봐. 엄마가 꽤나 기다리는 눈치니까.”

“어… 어린 녀석이 못하는 소리가 없어!”

“쯧쯧쯧… 그렇게 뜸들이다가는 밥이 다 타서 숯이 되겠어.”

그 말을 남기고 설백천은 사라졌다. 유재영은 실소를 머금었다. 그는 아직 고설란을 찾아가지 못했다. 가고 싶은 마음이야 굴뚝같았지만 막상 가려고 하면 차마 용기가 나지 않았다.

설백천 말대로 애가 타서 속이 탈 지경이었다. 말이 나온 김에 오늘은 찾아가 보기로 굳게 마음을 먹었다. 일단 집으로 가서 목욕을 한 다음에 좋은 옷으로 갈아입고…….

빌어먹게도 옷은 한 벌뿐이다. 그것도 땀에 절어 냄새가 풀풀 나는, 찢어지고 헤지기까지 한 걸레 같은 옷이다. 그들 신입은 여섯 달이 되기 전에는 새 옷조차 마음대로 입지 못한다.

“그래도 목욕은 해야지.”

숲을 빠져나와 집으로 가는 길을 밟았다. 마을의 공동 우물을 지나는데 정육점을 나서던 왕거붕과 마주쳤다.

“여어! 친구! 오랜만이군!”

왕거붕이 정말 반갑다는 얼굴로 다가왔다. 입에서 술 냄새가 확 풍겨서 절로 인상이 찌푸려졌다.

"자네는 날 만나는 게 반갑지 않은 모양이지?"

반갑고 말고 할 것도 없었다.

"내게 볼일이 있나?"

"우리가 한 약속이 잘 지켜지고 있는지 부쩍 궁금해지는 중인데 말이야."

"약속이라……."

생각하는 표정을 짓던 유재영이 말을 이으려고 하는데 사박거리는 발걸음 소리가 들렸다. 원래 사람의 왕래가 잦은 곳이라 사람이 나타났다고 이상할 건 없었다. 하지만 모습을 보인 사람이 고설란이라면 얘기가 달라진다.

그녀의 모습이 보인 순간 입이 닫히고 절로 굵은 침이 넘어갔다. 나무로 만든 두 개의 물동이를 우물가에 내려놓은 고설란은 유재영을 보고 고개를 끄덕여 인사를 했다. 유재영도 얼떨결에 마주 고개를 숙였다.

"요즘 우리 백천이는 어떤가요?"

"자… 잘하고 있습니다."

"똑똑한 아이니 유 사부님을 실망시키지는 않을 거예요."

왕거붕이 버럭 소리를 질렀다.

"사부? 그 새끼의 진짜 사부가 됐단 말이냐?"

"뭐, 어쩌다 보니까."

"분명 나하고 약속을…!"

"네 제안이었을 뿐이지."

충혈된 눈으로 유재영을 노려보던 왕거붕은 몸을 돌려서 성난 걸음으로 멀어졌다. 그 뒷모습이 왠지 불쌍하게까지 느껴졌다.

가장 강한 자가 도주가 되는 악인도에서 도주보다 강한 자가 두 명이나 있으면, 그 도주는 위태로운 존재일 수밖에 없었다. 덕(德)이 아닌 힘으로 통치를 하는 자들의 한계였다.

"끄응!"

유재영은 힘겹게 두레박을 끌어올리는 고설란에게 다가갔다.

"제가 좀 도와드려도 될까요?"

"그래 주시겠어요?"

유재영은 두레박을 끌어올려 물을 붓고 다시 우물 안으로 던졌다. 밧줄을 휘저어 두레박에 물을 담아보려 했지만 잘되지 않았다. 무공이나 힘으로 되는 게 아니라 요령이 필요한 건데, 한 번도 해보지 않은 유재영이 단박에 잘할 수는 없었다.

그래도 이리저리 휘젓다 보니 어찌어찌 물이 차기는 했다. 어수선한 두레박질 끝에 겨우 두 개의 물동이에 물을 채웠다.

"고맙습니다."

그녀가 물동이를 들려고 하자 먼저 유재영이 손잡이를 잡았다.

"무거울 테니 제가 댁까지 들어드리겠습니다."

"이런 신세를 져도 되나 모르겠네요."

노골적으로 유혹을 하던 술집에서의 모습과는 딴판으로 오늘은 정숙함까지 보였다. 유재영은 물동이를 들고 고설란의 뒤를 따랐다. 파란 저고리에 빨간 치마를 입은 그녀의 엉덩이가 살랑살랑 흔들렸다. 마치 그에게 손짓을 하는 것 같았다.

하초가 반응하는 게 느껴졌다. 유재영은 물동이를 슬그머니 바지 앞쪽으로 옮겼다. 집은 그리 멀지 않아서 금세 도착했다.

"이쪽이에요."

고설란은 유재영을 커다란 항아리가 있는 부엌으로 안내했다. 부엌 아궁이에는 불이 피워져 있어서 안이 후끈했다. 반쯤 찬 커다란 항아리에 물을 채우고 나니 딱히 있을 이유가 없었다.

망설이던 유재영이 가겠다는 인사를 하려 할 때 고설란이 말했다.

"옷 벗으세요."

"네?"

고설란은 솥 안의 뜨거운 물을 욕조로 옮겨 부었다. 욕조에 물을 채우고 적당하게 온도까지 맞춘 그녀가 말했다.

"뭐하세요? 옷을 벗어야 목욕을 하죠."

"아니, 전 그냥 집에서……."

"목욕은 뜨거운 물로 해야죠. 설마 제가 벗겨드려야 하는 건 아니겠죠?"

"아… 아닙니다."

유재영은 옷을 벗었다. 위아래 각 한 벌뿐이었기에 금세 나체가 되었다. 아까부터 발기된 하초는 아직도 수그러들 기미를 보이지 않고 있었다. 양손으로 아랫도리를 가린 그를 고설란이 재촉했다.

"어서 들어가세요."

욕조 안으로 들어가자 그녀는 유재영의 옷을 아궁이에 집어넣어 태웠다.

"당분간 옷은 한 벌밖에 지닐 수 없으니 새 옷을 드릴게요."

"고… 고맙습니다."

뒤에서 사각거리는 소리가 났다. 고개를 돌리자 옷을 벗고 있는 고설란이 보였다. 깜짝 놀란 유재영은 황급히 시선을 정면으로 옮겼다.

그의 귓가에 대고 고설란이 속삭였다.

“조금 앞으로 가서야겠어요.”

유재영은 무릎을 당겨 뒤쪽 공간을 내주었다. 욕조 안으로 들어오는 그녀의 매끈한 피부가 느껴졌다. 문득 그의 때가 나와서 물이 더럽다는 게 생각나 창피했다. 뻔뻔하기로는 세상에서 두 번째라면 서러운 유재영이건만 고설란 앞에서는 모든 게 달라졌다.

그녀는 유재영에게 물을 끼얹으며 등을 밀어주었다.

“제가 할 수 있는데…….”

“혼자 등을 미신다고요? 팔이 원숭이처럼 길지는 않으신 것 같던데.”

고설란의 농담에 할 말을 잃고 묵묵히 앉아만 있었다. 사실 악인도에 와서 목욕을 한 횟수는 한 손으로 꼽을 정도였다. 그 목욕이라는 것도 냇가에서 등목이나 하는 수준이었다. 그러니 때가 둥둥 뜬 뜨거운 물은 거의 먹물에 가까웠다.

그게 창피하면서도 다행이라고 생각되는 건 최소한 우뚝 솟은 그의 하초가 보이지는 않기 때문이다. 그런데 등을 밀던 손이 허리로 이동하더니 슬금슬금 아랫배 쪽으로 옮겨졌다.

잔뜩 긴장한 유재영은 미동도 하지 못했다. 아랫배를 문지르던 고설란이 귓가에 대고 속삭였다.

“탄탄하시네요.”

그러면서 몸을 밀착시켰다. 등에 느껴지는 부드러운 그녀

의 가슴과 엉덩이를 간질이는 까칠한 털의 감촉. 숨이 턱 막
혔다. 욕조 가장자리를 잡은 손가락 마디가 하얗게 변했다.
조금만 더 힘을 주면 욕조를 부술 것 같아서 애써 손을 물속
에 담갔다.

아랫배를 밀던 손은 가슴으로 올라가 유재영의 작은 유두
를 손가락으로 희롱했다. 그러면서 그녀의 입술은 뒷덜미에
닿아 끈끈한 숨결을 토해냈다. 격하게 뛰는 심장은 금방이라
도 가슴을 뚫고 나올 것만 같았다.

귓불에 닿은 그녀의 입술이 열리며 옅은 신음이 새나왔다.
유재영은 태어나서 단 한 번도 이처럼 강렬한 정욕을 느낀 적
이 없었다. 그리고 이처럼 설레는 희열도 처음이었다. 여자의
몸속에 들어가 있는 것보다 지금 이 순간의 쾌락이 훨씬 강했
다.

고설란의 혀가 귓불을 간질였다. 숨을 내쉬자 유재영의 입
에서도 신음이 터졌다. 그녀는 가슴을 안은 손에 힘을 줘서
몸을 더욱 밀착시켰다. 엉덩이에 느껴지는 원초적인 숲의 까
칠함이 위아래로 움직이고, 그녀의 열락에 들뜬 신음이 높아
졌다.

가슴을 안은 손은 단숨에 아랫배를 지나 사타구니로 미끄
러졌다. 우뚝 솟은 하초에 그녀의 손이 닿았다. 뼈 없는 연체
동물이 하초를 휘감는 것 같았다.

그녀는 유재영의 귓불을 훑으며 양손으로 하초를 쓰다듬 었다. 거친 숨 사이로 뱉어지는 신음이 높아졌다. 그러던 어 느 순간 유재영은 강렬한 분출을 느꼈다. 참아보려 했지만 남 자로서는 도저히 참을 수 없는 희열의 폭발이었다.

아무것도 하지 못하고, 그저 몇 번 쓰다듬었을 뿐인데 유재 영은 끝나 버렸다. 남자라는 동물은 이럴 때 언제나 얼굴을 붉혔고 상대가 고설란이니 유재영은 더욱 수치스러웠다.

부끄러워 어쩔 줄을 몰라 하는 유재영의 귓가에 대고 고설 란이 속삭였다.

"밤은 아직 길어요."

*   *   *

이제 막 떠오르기 시작한 만월 아래서 설백천은 물끄러미 바다를 보고 있었다. 달빛을 머금은 바다는 은빛 고기 떼라도 헤엄치는 것처럼 반짝였다.

설백천의 시선이 버릇처럼 북섬 쪽으로 향했다. 물이 빠져 길이 생기려면 아직 멀었다는 것은 알지만 기다리는 심정은 희박한 가능성에 기대를 걸게 마련이다.

설백천은 백사장을 걸었다. 한쪽 끝에 다다르면 몸을 돌려 걷고 또 바위가 나오면 돌아서서 걸음을 옮겼다. 그렇게 몇

번을 왕복했는지 모른다. 무의미하게 걷는 걸음이지만 전혀
지루하지 않았다.

달은 이제 꽤나 높이 떠올랐다. 물이 빠져 길이 생길 시간
쯤 된 것 같았다.

'올 수 있을까?

예야후는 마지막까지 약속을 하지 못했다. 그녀가 오고 싶
다고 해도 못 올 이유는 충분하다. 예야후에게는 모산도사라
는 올가미가 있었다. 얘기를 들어보면 허락을 받는 것은 불가
능하고 나오려면 몰래 빠져나오는 수밖에 없는 것 같았다.

"오다가 잡힌 건 아닐까?"

온갖 상상이 머릿속에 그려지고 종국에는 '혹시 바다에 빠
진 건 아닐까?' 라는 엉뚱한 생각까지 들었다. 설백천은 우두
커니 서서 북섬 쪽만 응시했다. 바람 한 자락이라도 불면 화
들짝 놀라 바위의 그림자를 뚫어지게 보고는 했다.

"역시 못 오는 건가?"

희망의 끈이 점점 가늘어질 때 갑자기 뒤에서 '왁!' 하는
소리가 들렸다. 깜짝 놀란 설백천이 앞으로 펄쩍 뛰며 뒤를
돌아봤다. 예야후가 깔깔거리며 웃고 있었다.

"많이 기다렸어?"

"아니, 나도 방금 왔어."

밤이 설익었을 때부터 와 있었지만 괜한 자존심이 거짓말

을 하게 만들었다.

"넌 용케 빠져나왔구나?"

"사부님이 잠들 때까지 기다리느라 늦었어."

"물길이 닫히려면 반 시진 정도 남았지?"

"응."

"그럼 헤엄칠 시간은 충분하네. 그런데 헤엄은 칠 줄 알
아?"

"바다동굴을 통해 빠져나갈 몸이야. 웬만한 물고기도 나한
테는 안 될걸?"

"그럼 실력 좀 볼까?"

설백천은 옷을 훌훌 벗었다. 그가 옷을 벗자 예야후도 입고
있던 옷을 벗어 던졌다. 둘 모두 나신이 되었지만 그것 때문
에 부끄럽지는 않았다. 도덕이니 예의니 하는 것들과는 단절
된 곳에서 자란 때문이었다. 물론 몸가짐에 대해서는 둘 모두
배우기는 했다. 그러나 이론이 감정까지 지배할 수는 없는 법
이다.

달빛을 받은 그녀의 몸은 옅은 빛을 내고 있었다. 마치 스
스로 빛을 내는 것처럼 보였다.

얼굴만큼이나 아름다운 몸이다. 그래서 욕정조차 일지 않
았다.

설백천이 바다로 향하자 예야후가 물었다.

"고기라도 잡으려는 거야?"

"그런 것하고 비교할 수 없는 거지! 따라와!"

그들은 앞다투어 바다로 뛰어들었다. 한 달에 한 번 보름달이 뜨는 밤이면 조용한 바다에서는 장관이 펼쳐진다. 그들은 햇빛조차 미치지 못하는 바다의 깊숙한 곳까지 들어갔다.

그런데 그곳에 빛이 있었다. 손톱만큼이나 작은 빛이 수백 개가 뭉쳐서 하나의 거대한 빛무리를 만들며 춤을 췄다. 그것들은 원을 그렸다가 뿔뿔이 흩어지고 다시 모여 긴 길을 만들기도 하며 물속을 유영했다.

이마에 작은 돌기가 있고 그곳에서 빛을 내는 물고기 떼였다. 이름을 몰랐기에 설백천은 발광어(發光魚)란 이름을 붙였다.

그들은 발광어의 빛무리 안으로 들어가 그것들과 함께 헤엄을 쳤다. 예야후는 장담했던 대로 물고기처럼 능숙하게 움직였다.

발광어의 빛무리 안에서 헤엄을 치는 그녀는 이 세상 사람이 아닌 것처럼 아름다웠다. 여자를 욕정의 대상이 아닌 순수한 아름다움으로 느낄 수 있다는 걸 처음 알았다.

예야후는 놀랄 만큼 오래 숨을 참을 수 있었다. 인어(人魚)가 아닐까 착각이 들 정도로. 일각이 훨씬 넘었는데 숨이 막히는 표정도 없었다.

　예야후는 발광어의 빛에 반사되어 하얗게 반짝이는 몸을 하늘하늘 움직이며 다가왔다. 그리고 설백천의 손을 이끌어 발광어의 무리 속으로 들어갔다.

　그들을 반기는 것처럼 발광어들이 주위를 둥글게 에워쌌다. 그 사이에서 그들은 마주 보고 섰다. 그녀의 어깨로 설백천의 손이 올라갔다.

　설백천은 창백해진 그녀의 입술에 자신의 입술을 포갰다. 욕정이 아닌 순수한 감정에 끌린 행동이었다. 예야후도 설백천의 허리를 잡아 자신에게 끌어들였다.

　그들은 물속에서 아주 오랫동안 입맞춤을 했다. 주변을 맴돌던 발광어가 떠나갈 때 그들도 물 밖으로 나왔다. 물속에서의 시간이 족히 이각은 지났을 것이다.

　밖으로 나온 그들은 백사장에 몸을 뉘었다. 거친 호흡이 가슴을 들썩이게 만들었다. 고개를 돌리자 위아래로 일렁이는 예야후의 분홍색 젖꼭지가 보였다. 비로소 남자로서의 본능이 꿈틀거렸다.

　설백천은 그녀의 가슴에 가만히 손을 얹었다. 그러자 그녀가 그를 봤다. 밤하늘의 별처럼 그녀의 눈이 반짝였다. 살짝 벌어진 입술은 목마른 그를 끌어당기는 과즙(果汁) 같았다.

　다시 둘의 입술이 포개졌다. 이번에는 물속에서의 입맞춤보다 훨씬 격렬했다. 입술은 머리카락만큼의 빈틈도 없이 밀착되었고 혀는 서로의 입속을 거칠게 탐했다.

예야후의 가슴에 얹어졌던 설백천의 손이 미끄러졌다. 아랫배를 잠시 쓰다듬던 그 손은 검은 숲을 향해 점점 다가갔다.

까칠한 감촉 뒤로 여인의 몸 중에서 가장 부드러운 부분이 손가락에 느껴졌다.

격렬한 입맞춤을 하던 예야후의 입술이 떨어지면서 가는 신음을 뱉어냈다.

설백천의 혀가 그녀의 턱을 지나 목덜미를 희롱했다. 거칠어진 그녀의 숨소리가 설백천의 욕정을 극도로 자극했다.

예야후의 허벅지에 밀착된 하초가 커질 대로 커졌다. 설백천은 손가락을 그녀의 음부 속으로 살짝 집어넣으며 입은 분홍색의 유두를 머금었다.

단내 나는 호흡을 뱉어내는 예야후는 설백천의 머리칼을 꽉 움켜쥐었다. 손가락에 느껴지는 감촉은 그녀의 몸이 준비가 되었다는 걸 알려주었다.

조금 더 전희를 하고 싶었지만 설백천이 참기가 힘들었다.

처음 여자를 경험할 때를 제외하고는 이렇게 흥분된 적이 한 번도 없었다.

설백천은 그녀에게 몸을 실었다. 귀두가 그녀의 음모를 스치면서 옅은 소리를 냈다.

예야후의 준비가 끝났다는 걸 알기에 설백천은 하초의 그녀의 음부로 가져갔다. 까칠한 느낌을 뚫고 부드러운 그 부분이 닿을 때였다.

그녀가 갑자기 설백천을 거칠게 밀어냈다. 갑작스러울뿐더러 놀랄 정도로 강한 힘에 설백천은 공중으로 붕 떴다가 모래사장에 꼴사납게 나뒹굴었다.

"어머! 미… 미안해. 나도 모르게. 괘… 괜찮아?"

홍조 가득한 얼굴의 그녀는 어쩔 줄을 몰라 했다.

"왜 그래?"

"오늘은 안 돼."

"이유가 뭔데?"

"열여덟 살 생일 때까지는 처녀로 남아 있어야 해. 내가 지금 야혼대법(夜魂大法)이라는 걸 받고 있는데, 그 대법을 완성하기 위해서는 꼭 지켜야 할 규칙이야."

"내가 싫어서 그런 건 아니고?"

"바보. 싫었으면 애초에 여기 오지도 않았지."

그 말에 비로소 안심이 되었다. 하지만 당장 그녀를 안지 못한다는 사실은 설백천에는 참기 힘든 고역이었다.

하초는 여전히 성이 나 있었고 호흡은 여전히 거칠었다. 예야후를 향한 욕망은 쉽게 가라앉을 것 같지 않았다.

그래서 물로 뛰어들었다. 몸에 묻은 모래를 씻어내는데 예야후가 등 뒤에서 설백천을 껴안았다. 등에 닿는 그녀의 가슴은 부드러웠고 젖꼭지는 욕망의 원천이었다.

설백천의 어깨에 볼을 기댄 예야후가 말했다.

"솔직히 나 일 년 전에 널 봤을 때부터 가끔 생각했었어."

"그때 잠깐 본 건데?"

"응. 이상하게 자꾸 생각나고 꿈에 나오기도 하고. 어쨌든 이상했어. 이렇게 너하고 있는 게 나 너무 좋아."

여자들에게 좋아한다는 말은 많이 들었다. 악인도에 있는 열여섯 살 이하의 여자애는 모두 그를 좋아한다고 했고, 모든 여자는 그를 품기를 희망했다.

하지만 예야후에게서 듣는 좋아한다는 말은 전혀 다른 언어 같았다. 그 말만으로 가슴이 벅차서 하늘로 두둥실 떠오를 것 같았다.

설백천은 몸을 돌려 예야후를 마주 봤다.

"내가 도주가 되면 어떻게든 널 남섬으로 데려올 거야. 모산파 도사 영감이 뭐라고 하든 상관없어."

그녀는 말없이 고개를 끄덕이다 화들짝 놀랐다.

"앗! 시간!"

설백천이 옷을 입으며 물었다.

"언제 또 나올 수 있어?"

옷을 다 입은 예야후가 설백천의 손을 잡았다.

“조금 아플 거야.”

그녀의 긴 손톱이 검지를 파고들어 피가 나왔다. 그녀는 자신의 검지에도 같은 상처를 냈다. 그리고 설백천의 검지를 입으로 가져가면서, 자신의 검지를 설백천의 입으로 밀어 넣었다.

“마셔.”

비릿한 그녀의 피가 입안에 고였다. 예야후는 입속으로 주문 같은 것을 외웠다. 아주 짧은 주문이었고 특별한 느낌도 없었다.

“이제 네가 이곳에 나오면 내가 알 수 있어.”

“뭐? 그럼 내가 어디 있는지 언제든지 알 수 있는 거야?”

“너무 멀면 안 되지만 악인도 안이라면 알 수 있어.”

예야후는 설백천에게 입맞춤을 한 후 어둠을 향해 뛰어갔다.

“난 내일도 나올 거야!”

그의 목소리와 함께 그녀도 어둠 속으로 자취를 감췄다. 예야후의 피 냄새가 오랫동안 입안을 맴돌았다.

*　　　*　　　*

소형어선은 잔잔해 보이는 바다에서도 출렁임이 심했다.

갑판에 선 조용태(趙龍泰)는 백 장 저쪽에 있는 관선(官船)을 보고 있었다. 하명운과 이철장이 탄 배였다.

"소문주님. 안에 들어가 계시지요."

뱃멀미 때문에 조금 고생을 한 탓에 곽인철(郭仁哲)이 걱정스럽게 말했다. 그가 보고 있는다고 달라질 건 없었지만 그래도 악인도로 떠나는 두 수하의 모습을 눈에 담고 싶었다.

"난 괜찮다. 그보다 어부에게 다짐은 받아두었느냐?"

"네. 나흘 후면 관선만큼 큰 배를 준비할 수 있다고 했습니다."

"악인도에서 신호가 오면 바로 들어갈 수 있도록 만반의 채비를 갖춰두어야 한다. 기필코 유재영 그 배신자를 처단하고 비급도 회수해야 하느니라."

"청룡당(靑龍堂)과 주작당(朱雀堂)의 정예 스물한 명을 준비시켜 두었으니 유재영이 악인도에 있다는 정보만 정확하면 임무는 틀림없이 완수할 것입니다."

관선이 멈췄다. 멀리 떨어져 있었지만 갑판에서 움직이는 관원들의 모습이 똑똑히 보였다. 한참 분주하게 움직이더니 줄줄이 묶인 죄수들이 모습을 드러냈다. 저들 중에 하명운과 이철장이 있었다.

"유재영 이놈. 악인도를 지옥도로 만들어주마."

$$*\qquad*\qquad*$$

파앙!

손바닥을 부딪친 설백천과 유재영은 각각 두 발짝씩 물러섰다. 그래서 유재영은 깜짝 놀랐다. 평생 내공(內功)을 연마한 그인데 설백천이 대등한 힘을 가지고 있었다.

"내공심법(內功心法)을 익힌 적이 있느냐?"

"그게 뭔데?"

"허!"

그저 헛웃음밖에 나오지 않았다. 설백천은 알수록 더 알 수 없는 녀석이었다. 어제와 오늘이 다르게 느는 무공과 내력을 알 수 없는 육체의 강인함은, 유재영에게 매일 새로운 놀라움을 안겨주었다.

일신우일신(日新又日新)하는 설백천을 보면 그를 뛰어넘을 날도 멀지 않을 것 같았다. 당장 지금도 최선을 다하고 있는데 설백천을 쓰러뜨리기가 쉽지 않았다. 가르친 지 불과 두 달밖에 되지 않았음에도 버거움을 느끼고 있으니 한 달 후에는 이길 수 없는 상대가 될 것이다.

'괴물이군. 괴물이야.'

설백천에게 죽지 않기 위해서는 무형권을 더욱 빨리 연마해야 한다. 마음대로 되는 일이 아니지만 다행히 요즘 조금씩

권로(拳路)가 보이기 시작했다. 우습게도 설백천과 싸우면서 그도 새로운 무공의 길에 눈을 뜨고 있었다.

실전만큼 좋은 스승은 없다는 말이 실감 났다. 두 달 동안 하루도 쉬지 않고 싸우니 유재영의 무공도 예전보다 훨씬 늘어 있었다. 물론 느는 속도가 설백천을 따라갈 수는 없었지만 말이다.

다시 격돌한 그들이 반 시진 정도 더 어울리고 있는데 어디선가 뿔나팔 소리가 들렸다. 훌쩍 물러난 설백천이 말했다.

"오늘은 그만해야겠는데?"

"무슨 일이냐?"

"죄수가 오고 있어."

유재영이 웃었다.

"새로운 사부라도 있을까 봐서?"

"아직은 유 사부로 충분해. 하지만 봐두기는 해야지."

＊　　　＊　　　＊

야귀는 무려 반 시진 만에 물 밖으로 얼굴을 내밀었다. 무표정하게 지하호수를 나온 야귀는 동굴 벽의 그림이 그려진 곳으로 갔다. 그곳에는 이제까지 탐사했던 지하동굴들이 거미줄처럼 얽혀 있었다.

그 대부분의 지하동굴에는 가위표가 되어 있었고 아직 표시가 안 된 곳은 네 곳에 불과했다.

지팡이를 짚은 예달천(銳達天)은 야귀를 따라 동굴 벽으로 걸음을 옮겼다. 그 뒤에 예야후가 있었다. 야귀는 표시가 되지 않은 네 개의 동굴 중 하나에다 가위표를 했다. 그리고 맨 우측의 동굴을 가리키며 느린 말을 뱉었다.

"공… 간……."

예달천이 깜짝 놀라 물었다.

"숨 쉴 수 있는 공간이 있단 말이냐?"

야귀가 고개를 끄덕였다. 예야후를 보는 예달천의 얼굴에 웃음이 그려졌다.

"밖으로 나갈 수 있는 날이 얼마 남지 않은 것 같구나."

*　　*　　*

두 척의 배 중 한 척만이 무사히 도착했다. 그렇게 또 열 명의 죄인이 악인도로 들어왔다. 반이 죽었지만 저들은 운이 좋은 자다. 만약 유재영 등이 들어왔을 때 광야귀가 날뛰지 않았다면 저들은 북섬으로 끌려갔을 것이고, 틀림없이 야귀로 만들어졌을 테니 말이다.

설백천은 술집 앞 공터에 길게 늘어선 죄수들을 살폈다. 모두 남자인 그들은 이십대부터 오십대까지 다양했다. 범죄자답게 인상이 우락부락한 자가 몇 명 있었지만 사부로 탐이 나는 자는 보이지 않았다. 최소한 겉으로는 그랬다.

죄수들의 수갑과 족쇄는 풀어져 대장간으로 옮겨졌다. 어젯밤 날이 새도록 마셨는지 눈에는 핏발이 섰고 얼굴은 모래가 떨어질 것처럼 푸석한 왕거붕이 나와서 일장 연설을 했다.

죄수들이 들어오면 언제나 하는 그런 말이었다. 그런데 죄수 중에서 한 사람이 어슬렁어슬렁 앞으로 나왔다. 육 척이 훌쩍 넘는 키에 엄청난 덩치를 자랑하는 중년 사내였다.

"그러니까 가장 강한 자가 도주가 된다는 말 아니야."

인상까지 더러운 사내는 말을 끝내고 침을 찍 뱉었다. 묽은 침이 왕거붕의 검은 가죽신발에 떨어졌다. 왕거붕은 고개를 숙여 신발을 봤다. 그리고 침이 묻은 그 신발이 갑자기 위로 솟구쳤다.

오른쪽 발등은 정확히 사내의 낭심을 걷어찼다.

"헉!"

설백천은 몸을 웅크리는 사내를 보고 코웃음을 쳤다. 저런 기습 공격조차 막지 못하면서 나선 꼴이 우스웠다.

'혹시나 했더니 역시나로군.'

왕거붕의 주먹에 맞은 사내는 비칠비칠 물러섰다. 그래도 덩치가 커서 한 방에 쓰러지지는 않았다. 그렇다고 결과가 달라지는 것은 아니었다. 센 맷집은 고통의 시간만 늘여줄 뿐이었다.

"이젠! 별! 시답잖은! 놈들이! 까불고! 지랄이야!"

한마디씩 끊어질 때마다 주먹이 한 번씩 사내의 얼굴에 틀어박혔다. 사내는 반항은커녕 팔을 들어 막지도 못했다. 얼굴이 완전히 뭉개지고 왕거붕의 손이 피투성이가 되었을 때에야 주먹질이 멈췄다.

맞아 죽은 사내의 시체 위로 침묵이 담요처럼 덮였다. 씩씩거리는 숨을 뱉은 왕거붕은 나머지 아홉 명의 죄수를 훑어봤다.

"또 까불 놈 있냐?"

설백천은 거기까지 보고 몸을 돌렸다. 수십 번 본 같은 광경을 또 보고 싶은 마음은 없었다.

집으로 돌아가자 고설란의 방에서 거문고 소리가 들렸다. 유재영이 와 있는 모양이다. 고설란은 유재영이 어지간히 마음에 드는 것 같았다.

그의 이전 사부들을 보는 것과 유재영을 보는 눈빛이 확실히 달랐다. 그를 위해 하는 거문고의 연주도 달랐다. 고설란에게서 거문고를 배운 설백천의 실력도 고설란 못지않았다. 그래서 거문고를 연주할 때의 미묘한 감정을 읽어낼 수 있었다.

열기 품은 아지랑이처럼 흐느적거리는 저 연주 속에서 즐거움이 묻어 나왔다. 이전의 사부들을 죽였듯 그렇게 유재영을 죽여 버리면 고설란이 슬퍼할지도 모른다는 생각이 들었다.

부엌으로 간 설백천은 찬물로 목욕을 했다. 오늘은 예야후가 나왔으면 하고 간절히 바랐다. 닷새나 그녀를 만나지 못했다. 그녀의 얼굴을 보지 못하는 하루하루가 그에게는 고문이었다.

머리에 찬물을 끼얹고 있는데 이상한 기분이 들어 부엌 입구로 고개를 돌렸다. 우두커니 선 소소미가 눈에 들어왔다. 예야후를 만난 후로 자연 소소미와의 거리는 멀어졌다. 애써 피하려 하지 않아도 만날 시간이 없었다.

부엌으로 들어온 소소미는 호흡이 느껴질 정도로 가까이 다가왔다.

"뭐야? 요즘 밤마다 어딜 가는데 날 안 찾아오는 거야?"

단단히 화가 난 모양이다.

"물 튀니까 비켜."

하지만 그녀는 물러서지 않았다. 설백천은 물을 퍼서 머리에 끼얹었다. 그러자 소소미도 물에 흠뻑 젖어버렸다. 위아래가 하나로 된 옷은 살에 달라붙어 몸의 굴곡을 그대로 보여줬다.

소소미가 더 가까워졌다. 둘의 몸이 한 치의 빈틈도 없이 밀착되었다. 그녀는 설백천의 엉덩이를 잡고 하복부를 밀착시켰다.

"네 몸도 날 원하고 있잖아."

예야후를 만난 후로 여자와 잔 적이 없으니 나무에 뚫린 구멍만 봐도 하초가 곤두섰다. 물에 젖은 소소미를 앞에 뒀으니 당연한 반응이었다. 물론 욕정에 몸을 맡길 수도 있었다. 그게 특별히 예야후에 대한 배신이라고 생각하지는 않았다.

바가지를 항아리에 던진 설백천은 소소미의 허리를 잡았다. 당장 그녀를 바닥에 눕히고 싶은 욕망이 솟구쳤다. 그런데 밖에서 들린 문 열리는 소리가 그런 그의 욕망에 이성의 입김을 불어넣었다.

아직은 소소미와의 관계를 들켜서는 안 된다.

"지금은 돌아가."

"언제 올 거야?"

"가 있어."

그의 힘 있는 목소리에 소소미는 더 이상 조르지 않았다.

"빨리 와야 해."

그 말을 남기고 소소미가 나간 후 바로 고설란이 들어왔다. 부엌에서 나가는 소소미를 봤을 것이다.

"설마 벌써 건드린 건 아니지?"

몸을 닦은 설백천은 옷을 입으며 물었다.

"그러면 안 돼?"

"아무리 너라도 아직은 악인도의 규율을 지켜야 한다. 도주가 되기 전까지는 왕거붕에게 조그만 빌미라도 줘서는 안 돼."

설백천은 고설란의 볼을 쓰다듬었다.

"걱정 마. 잘 알고 있으니까. 그나저나 엄마는 유 사부가 꽤 마음에 드나 봐?"

"그래 봤자 다 똑같은 남자지."

"그럼 내가 죽여도 돼?"

그녀의 입가가 실룩 움직였다. 애써 놀람을 감출 때 일어나는 작은 변화였다.

"벌써?"

"아직은 아니지만 곧 그렇게 될 수도 있어."

고설란은 대답하지 않았다. 설백천은 장난스럽게 그녀의 볼을 꼬집었다.

"에구, 귀여운 우리 엄마. 엄마가 바라지 않으면 유 사부는 살려줄게."

"누… 누가 바라지 않는다고……."

설백천은 고설란의 엉덩이를 툭 치고 부엌을 나왔다.

"저녁은 밖에서 먹을 거야!"

작살을 들고 어둠이 드리워지기 시작한 마당을 나설 때 고설란이 말했다.

"절대 소미 건드리면 안 된다!"

설백천은 그저 등 뒤로 손을 흔들어줬다. 열여덟 살 생일이 성큼 다가오면서 악인도의 규율은 대수롭잖게 생각되었다.

그가 소소미를 아직 취하지 않은 것은 예야후 때문이지 규율은 문제로 생각되지도 않았다.

숲에서 나뭇가지를 주워 백사장에 도착했을 때 세상은 깊은 어둠에 잠겨 있었다. 설백천은 모래구덩이를 파고 그 안에 장작을 넣었다. 간단하게 불 피울 준비를 마친 설백천은 백사장에 앉아 시간이 가기를 기다렸다.

닷새나 헛걸음을 했지만 오늘은 예야후가 꼭 나올 것 같았다. 하긴 어제도 그랬고 그제도 그렇게 믿었었다. 실망하기는 했지만 그녀를 기다리는 시간 자체가 그에게는 즐거움이었다.

잔잔한 바다를 보며 콧노래를 흥얼거리고 있는데 바로 뒤쪽에서 목소리가 들렸다.

"듣기 좋은데?"

깜짝 놀란 설백천은 벌떡 일어났다. 예야후가 그곳에 있었다.

"어떻게 된 거야? 길이 열리려면 아직 멀었잖아?"

"갈고리로 연결해서 왔어."

"모산 영감은?"

"오늘은 일찍 잠자리에 드셨어."

그녀가 다가와 설백천의 목에 팔을 둘렀다. 가볍게 두 번, 그리고 깊은 입맞춤이 이어졌다.

예야후와의 입맞춤은 어떤 여인과의 운우지락(雲雨之樂)보다 짜릿한 쾌감을 안겨줬다.

그녀의 호흡이 거칠어지자 설백천은 입술을 뗐다. 붉게 상기된 그녀의 얼굴과 반짝이는 눈에는 욕망이 서려 있었다.

하지만 예야후나 설백천 둘 모두 자제를 해야 한다는 걸 알고 있었고, 다행히 그들은 젊은이의 혈기만으로 움직이는 이들이 아니었다.

두 사람은 곧 바다로 뛰어들어 물고기를 잡아 훌륭한 저녁 식사를 만들었다.

과하다 싶을 정도로 많이 잡은 고기를 모두 먹어치운 그들은 하늘을 보고 나란히 누웠다. 벌거벗은 그들의 몸 위로 파란 별들이 우수수 떨어질 것 같았다.

하늘을 가만히 보고 있자 저절로 서로의 호흡에 맞춰서 숨이 쉬어졌다. 침묵을 지키고 있었지만 그것만으로 많은 대화를 나누는 기분이었다.

예야후가 무슨 생각이 난 듯 몸을 뒤집어 엎드렸다.

"여기 봐봐. 알려줄 게 있어."

"뭔데?"

그녀는 손바닥으로 모래를 편편하게 다듬었다.

"어쩌면 빠른 시일 안에 밖으로 나갈 수 있는 수중동굴을 찾을지도 몰라."

"정말?"

예야후는 모래 위에 손가락으로 어지러운 선을 그렸다.

"이게 수중동굴의 약도야."

거미줄처럼 얽히고설켜 있었지만 설백천은 약도를 이해할 수 있었다. 예야후는 모든 수중동굴을 기억하고 있는 듯 그리는 데 거침이 없었다.

"지금까지 우리가 찾아낸 수중동굴인데 여기 세 곳 외에는 모두 막혀 있어."

설백천은 세 곳의 위치를 기억했다. 굳이 애쓰지 않아도 본 것만으로 자연히 머릿속에 입력이 되었다.

"오늘 여기 이곳에 숨 쉴 수 있는 공간이 있다는 걸 발견했어."

"그 공간까지 가는 데 얼마나 걸리는데?"

"야귀는 대략 삼각쯤 걸렸어. 하지만 나라면 이각 남짓이면 도착할 수 있을 거야. 물론 너도 그렇고."

그 정도면 충분히 호흡을 참을 수 있는 시간이었다. 물론 중간에 길을 헤매지 않는다는 가정하에 말이다.

"북섬의 수중동굴에서 여기 숨 쉴 수 있는 공간까지는 직선거리로 삼백 장 남짓 될 거야. 워낙 구불구불하게 얽혀 있어서 실제로 그보다 훨씬 멀리 헤엄쳐야 하지만."

"직선으로 삼백 장이면 격류의 바다를 거의 지나는 거잖아?"

관선이 악인도로 죄수를 보낼 때 대략 삼백 장 정도 떨어진 곳에서 배를 띄운다. 그러니 격류의 바다는 삼백 장을 넘지 않는다는 의미였다.

"여기 숨 쉴 수 있는 공간에서도 여러 개의 동굴이 갈라지겠지만, 아마 두 달 안에 찾을 수 있을 거야."

"네 생일 때쯤이면 되겠네?"

"그때면 야혼대법도 끝나니까 우린 하나로 자유로워질 수 있어."

설백천은 예야후의 볼에 내려온 몇 가닥을 머리칼을 쓸어 올리며 속삭였다.

"시간이 빨리 갔으면 좋겠다."

"나도. 요즘 참기가 너무 힘들어."

그녀의 목소리에서 열락의 숨결이 느껴졌다.

"내가 도와줄까?"

설백천의 물음에 예야후가 고개를 저었다.

"안 된다니까."

"걱정 마. 네 처녀는 깨트리지 않을 테니까."

그녀의 눈동자가 반짝였다.

"그게 가능해?"

"나만 믿어."

예야후의 볼에 손을 대고 그녀의 입술을 핥았다. 혀가 볼을 지나 두툼한 귓불을 간질이자 그녀의 입에서 당장 단내가 났다.

입술은 목으로 이동했고 손은 가슴을 더듬었다. 손가락에 스친 그녀의 유두가 단단해지는 게 느껴졌다.

꿀꺽!

예야후의 목젖이 크게 일렁였다. 목을 타고 내려간 입술은 유두에 닿았고 그곳에 있던 손은 아랫배를 스쳤다.

하아―! 그녀의 입에서 긴 숨이 터져 나왔다. 설백천은 조심스럽게 손가락으로 수풀을 더듬었다. 그녀가 놀라지 않게, 미끄러지듯 자연스럽게.

도톰한 그녀의 음부에 손가락이 닿자 본능적으로 다리를 오므렸다.

"괜찮아. 힘 빼."

그의 속삭임에 무릎이 벌어졌다. 설백천은 그녀의 둔덕을 쓰다듬다 손가락 하나를 틈 사이에 끼웠다. 아직 동굴 안으로 들어가지도 않았는데 그녀의 호흡이 혹! 하고 멈췄다.

느리게 쓰다듬는 손가락에 걸린 음핵이 예야후의 욕망을 말해주었다.

음부를 더듬는 손과 유두를 간질이는 혀는 부드러웠다. 거친 숨을 몰아쉬는 예야후는 금방이라도 숨이 넘어갈 것 같았다.

욕망의 바다에서 헤엄치는 건 예야후뿐만이 아니었다. 설백천 또한 본능에 몸을 맡기고 싶은 마음이 간절했다.

하지만 다른 사람도 아니고 예야후와의 약속이다. 그녀와의 약속은 원초적인 욕망과 비할 수 없이 중요하다.

그래서 그는 자신이 할 수 있는 다른 방법으로 그녀의 욕망만을 채워주었다.

물론 만족스럽지는 않았다. 스스로든, 혹은 남의 손을 빌리든 자위는 언제나 뭔가 부족한 듯한 기분을 남기게 마련이다.

한껏 고조된 예야후의 흥분이 가라앉고 있다는 게 느껴졌다. 그래서 설백천은 손을 뗐다. 빨갛게 상기된 그녀의 얼굴이 너무도 아름다웠다.

볼을 쓰다듬는 설백천의 손 위로 그녀의 손이 겹쳐졌다. 그들은 나란히 누워서 그렇게 서로의 얼굴만 봤다.

그들에게 말은 더 이상 필요가 없었다. 서로를 응시하고 함께 호흡하고 체온을 나누는 그것만으로 그들은 완전함을 느졌다.

언제나 그렇듯 행복한 시간은 빨리 흐르게 마련이다.

"난 매일 널 기다릴 거야."

"알아. 미안해. 널 기다리게 해서."

"기다릴 수 있는 네가 있다는 것만으로 족해."

예야후는 아쉬운 걸음을 북섬으로 옮겼고 설백천은 그녀가 떠난 후에도 한참 동안 그 자리를 지켰다.

한 여인으로 인해 느끼는 충만함은, 그러나 젊은 육체에는 가혹한 형벌이었다. 집으로 돌아오는 내내 풀지 못한 정욕이 설백천을 괴롭혔다.

오늘은 그냥 잠들 수 없을 것 같았다. 자연스럽게 소소미가 생각났는데, 거짓말처럼 그녀가 나타났다.

그의 집 담장 밑에서 쪼그려 앉아 있던 소소미가 벌떡 일어섰다. 오래 기다렸는지 그녀의 어깨는 밤이슬로 축축하게 젖어 있었다.

"어디 갔다 온 거야?"

"산책."

"그런 건 나하고 하면 되잖아!"

설백천은 예야후의 존재를 누구에게도 들키고 싶지 않았다. 그것은 둘만의 아름다운 비밀 같은 것이었다.

"남자는 가끔 혼자 있고 싶을 때가 있는 거야."

소소미가 성큼 다가왔다. 가까워진 그녀에게서 젖내가 나는 것 같았다. 풀지 못한 욕정이 일으킨 착각 같은 것인데, 소소미는 지금 기름이 잔뜩 든 통에 불을 가져오고 있는 것이다.

그녀가 조금만 더 가까이 오면 불이 당겨져 폭발할지도 모른다.

"다른 여자 있는 거야?"

설백천은 속으로 뜨끔했지만 다행히 겉으로 드러나지는 않았다.

"무슨 소릴 하는 거야?"

"춘심이야? 월아? 아니, 그 못생긴 계집애들일 리는 없지."

설백천은 그저 피식 웃었다. 소소미가 아는 계집애는 근처에 국한될 수밖에 없었다.

"그런데……."

소소미가 가까이 몸을 붙였다.

"오늘 할 일 있니?"

그녀라는 횃불이 위험할 정도로 다가왔다. 설백천은 자신의 호흡이 거칠어지고 있다는 걸 느꼈다.

조금만 더 자극하면 위험하다. 그래서 돌아서려 했지만 발이 떨어지지 않았다. 지금은 사람 형상을 한 욕정의 덩어리나 마찬가지인 소소미에게서 멀어질 수가 없었다.

아직 그가 소소미를 끌고 숲으로 가지 않는 것은 규율 따위의 문제가 아니었다.

예야후.

그가 소소미의 구멍에 빠지면 그녀가 싫어할 것 같아서다. 누군가에게 마음을 쓰는 건 고설란을 제외하고는 처음이었다.

'나 바빠.' 라는 말이 나와야 하는데…….

"아니. 별일 없는데."

머릿속으로는 예야후를 생각하면서 입은 몸의 일부라고 본능에 충실한 대답이 나와 버렸다. 소소미가 더 가까이 왔다. 발육은 덜 됐지만 충분히 여자 같은 소소미의 가슴이 명치어름에 닿았다.

몸을 더욱 밀착시킨 그녀의 손은 어느새 설백천의 아랫도리를 더듬고 있었다.

"뭐야? 날 보는 것만으로 이렇게 커진 거야?"

소소미의 끈끈한 호흡이 턱을 간질였다. 그때 집 안에서 덜컹! 하고 문 열리는 소리가 들렸다. 고설란의 기척일 것이다.

그대로 들어갔어야 하건만 황급히 허리를 숙여 고설란의 시선을 피한 설백천은 소소미의 손을 끌고 숲으로 달렸다.

소소미와 재미를 보면 어떤가? 아무도 모르면 그만이다.

두 사람은 나무가 우거진 숲을 뛰었다. 나뭇잎이 얼굴을 때

리고 무성한 잡초가 맨살을 쓸어 아팠지만 고통보다 큰 욕망
이 그들을 지배하고 있었다.

"이전에 갔던 그곳……."

설백천은 말을 하는 소소미를 나무로 거칠게 밀어붙였다.
지금은 몇 발짝도 참기 힘들었다. 설백천은 소소미의 치마를
들추고 속옷을 잡아챘다.

찌익!

날카로운 소리와 함께 소소미의 속옷은 찢겨서 흑갈색 낙
엽 위로 떨어졌다.

"호호호! 누가 쫓아오기라도 하는 거야?"

대꾸할 시간도 아까웠다. 바지를 내리니 설백천의 하초가
하늘을 향해 치솟았다.

설백천은 소소미의 엉덩이를 잡고 위로 들어올렸다. 다시
내려온 치마가 그녀와의 사이를 막고 있었다.

"치마 올려."

소소미는 말 잘 듣는 아이처럼 양손으로 치마를 잡아서 허
리 위로 올렸다. 설백천의 허리가 안쪽으로 파고들었다.

"협!"

소소미의 입에서 급한 숨소리가 나왔다. 소소미의 팔과 다
리가 몸을 친친 감았다. 설백천이 허리를 움직일 때마다 그녀
의 몸에는 힘이 들어가고 입에서 신음이 터졌다.

희열이 아닌 고통을 참는 소리였다. 하지만 설백천은 소소미에 대한 배려를 하지 않았다. 그에게는 당장의 욕망을 푸는 게 유일한 목적이었다.

움직이기가 불편하자 설백천은 소소미를 바닥에 눕혔다. 진한 풀 냄새가 후각을 자극했다.

인상을 잔뜩 쓴 채 아랫입술을 깨문 소소미의 얼굴 위로 달빛이 내려앉았다.

"그냥 가는 거야?"

"볼일 다 봤으면 가야지. 넌 안 가?"

나무에 기대앉은 소소미는 고개를 저었다.

"조금만 더 있다 가자."

설백천은 자신의 목을 찰싹 때려 모기를 잡았다. 어지간히 빨아댄 듯 손바닥에 손톱만큼이나 넓은 피가 번졌다.

피를 바지에 문질러 닦은 설백천이 돌아섰다.

"엄마가 기다려. 나 먼저 간다."

설백천은 정말 가버렸다. 이 숲에 그녀만 홀로 남겨둔 채. 버림받은 기분이다.

설백천의 여자가 되면 기분이 날아갈 듯 좋을 줄 알았는데 남겨진 건 고통뿐이다.

일어서기 위해 다리에 힘을 준 소소미는 인상을 잔뜩 찡그렸다. 아플 거라는 건 들어서 알고 있었다. 하지만 걸음을 옮기기 힘들 정도인 줄은 몰랐다. 설백천이 너무 거칠게 몰아붙인 탓이 컸다.

"개자식."

당장은 밉지만 오늘이 지나면 아마 미움은 사라질 것이다. 이 고통이 아주 클 오늘만 설백천을 미워하기로 했다.

아픔이 가라앉기를 일각쯤 더 기다린 소소미는 겨우 걸음을 내디뎌 집으로 돌아왔다. 부엌에서 목욕을 하고 나오던 소청이 물었다.

"어디 갔다 오는 거냐?"

"그… 그냥 산책 좀 하고 왔어."

자신의 방으로 들어가려는데 소청이 말했다.

"산책을 뒹굴면서 했냐? 뒤에 나뭇잎이 잔뜩 묻었다."

깜짝 놀란 소소미는 애써 태연하게 대꾸했다.

"하… 하늘에 별 좀 봤을 뿐이야."

소청이 가자미눈을 뜨고 소소미를 봤다.

"혹시 백천이하고 무슨 일이 있는 건 아니지?"

"누가 그런 소리를 해? 그리고 백천이하고 무슨 일이 있으면 안 돼?"

"이년아, 넌 아직 열여섯 살이 안 됐어. 백천이하고 잤다가는 어떻게 되는지 몰라서 그래?"

"배… 백천이하고는 그냥 친구일 뿐이야. 그리고 나 열여섯 살이 되도 도주한테 가기 싫단 말이야!”

“철딱서니 없는 것아. 무슨 일이 있어도 악인도의 규율은 지켜야 하는 거야. 그리고 왕 도주가 우리한테 얼마나 잘해주는데 그딴 소리를 해.”

“엄마한테나 잘해주는 거지!”

방으로 들어가는 그녀의 등에 대고 소청이 목소리를 높였다.

“우리가 호의호식하는 게 누구 덕분인데! 행여 왕 도주를 배신할 생각은 꿈에도 하지 마!”

*　　　*　　　*

하명운과 이철장은 밤이슬을 밟으며 천운산으로 올라갔다. 악인도에서 가장 높은 산이니 바다에서도 잘 보일 것이다.

“이제 우리 출세는 보장된 것이야. 그렇지?”

하명운의 들뜬 음성과는 반대로 이철장은 차갑게 대꾸했다.

“아직 안심하기는 일러.”

“무슨 소리야? 유재영을 찾았으니 임무는 완수한 거잖아?”

“유재영을 처치하고 비급을 되찾은 후 악인도를 빠져나가야 비로소 임무 완수지. 이건 시작일 뿐이야.”

“그거야 그렇지만 우리 일은 여기까지야. 밖에서 문의 높은 분들이 들어오면 우린 할 일이 없잖아.”

무공이 변변찮은 그들이니 하명운의 말이 맞기는 했다. 산중턱까지 올라간 두 사람은 널찍한 바위에 올라섰다.

장작을 모으고 이파리가 가득 붙은 나뭇가지를 준비했다. 화섭자는 없었기에 활대를 만들어 원시적으로 불을 피워야 했다. 통나무에 홈을 파서 그 안에 불이 잘 붙은 나뭇잎을 놓은 후 나무를 마찰시켰다.

연기가 모락모락 피어오르더니 머지않아 불이 붙었다. 불쏘시개를 장작 아래 놓으니 마른나무는 금세 타올랐다.

“신호가 왔습니다!”

선실에 있던 조용태는 서둘러 갑판으로 올라왔다.

“내용이 무엇이냐!”

멀리 악인도에서 불빛이 깜빡거렸지만 처음부터 보지 않아서 정확한 내용을 파악할 수 없었다. 갑판에서 내내 지켜보고 있던 배지운(培知運)이 소리쳤다.

“유재영이 악인도에 있다고 합니다!”

역시 정보가 맞았다.

“즉시 배를 띄울 준비를 해라!”

그런데 바다를 안내하는 어부 노인이 조용태를 막았다.

"오늘은 안 됩니다."

"왜 안 된다는 건가?"

"바다가 거칩니다. 오늘 악안도로 들어가려고 하면 십에 십 물귀신이 되고 맙니다."

조용태가 보기에는 관선이 조각배를 띄울 때와 별 차이가 없었다.

"확실한가?"

"제가 바다 위에서만 산 지 오십 년입니다. 그런 제 말을 믿지 않으시겠다면 어쩔 수 없는 일이지요."

"그럼 하루 미루는 수밖에."

또 어부 노인이 고개를 저었다.

"내일도 된다고 확신할 수 없습니다."

"또 왜?"

"이맘때의 바다는 하루하루가 다릅니다. 어쩌면 두세 달을 기다려야 할 수도 있고, 소문주님 바람대로 내일 배를 띄울 수도 있겠지요."

"그럼 매일 밤 나와서 바다를 살펴야 한단 말인가?"

낮에는 근처를 순찰하는 관선 때문에 나올 수가 없었다.

"그 방법뿐입니다."

바다에 대해 무지한 그들이니 어부 노인의 말을 따르는 수밖에 없었다.

"악인도에 있는 수하들에게 그 자리에서 매일 대기하라고 신호를 보내라."

배지운이 머뭇머뭇 말했다.

"그렇게 어려운 신호는 보낼 수가 없습니다."

하긴 불빛의 깜빡임으로 보내기에는 내용이 너무 복잡했다.

"총명한 아이들이니 아마 대기하고 있을 겁니다."

곽인철의 말에 조용태는 긴 한숨을 쉬었다.

"마음대로 되는 일이 없군."

*　　　*　　　*

설백천의 칼이 목을 그었다. 화끈한 통증과 함께 왕거붕은 소스라치게 놀라 잠에서 깨어났다. 꿈이었다. 그럼에도 아직 목에 통증이 남아 있는 것 같았다. 잘게 떨리는 손으로 목을 만지는데 옆에서 자고 있던 소청이 깨어나 물었다.

"악몽이라도 꾸셨어요?"

왕거붕은 이마에 흐르는 식은땀을 닦으며 중얼거렸다.

"설백천 그 자식을 어떻게든 없애야 해."

소청이 몸을 일으켰다.

"도주님이 싸워서 이길 수 없을 정도로 백천이가 강한 거예요?"

"흥! 그건 싸워봐야 아는 거지. 하지만 괜한 모험을 할 필요는 없잖아. 젠장! 그놈만 없애면 두 다리 쭉 뻗고 잘 수 있을 텐데."

"저… 만약 백천이가 악인도의 규율을 어기면 어떻게 되는 거죠?"

"뭘 어떻게 돼? 당장 죽음이지. 혹시 그놈이 규율을 어긴 게 있나? 그런 걸 알고 있어?"

"딱히 그건 아니고……."

왕거붕이 소청의 팔을 와락 잡았다.

"알고 있는 게 있지? 그렇지?"

"아… 아파요."

"말해! 놈이 어긴 규율이 뭐야?"

인상을 잔뜩 찡그린 소청이 더듬더듬 입을 열었다.

"아… 아무래도 우리 소… 소미하고 정분이 나… 난 것 같아서… 확실한 건 아니에요."

"뭐야? 당연히 내 여자가 되어야 할 소미를 그놈이 벌써 해치웠다고?"

"낌새가 이상한 것뿐이에요."

"흠. 그렇단 말이지? 확실히 알 필요가 있겠어."

소청이 불안한 표정으로 물었다.

"만약 사실이면 우리 소미를 벌하실 건가요?"

"소미가 날 도와주기만 하면 당연히 면죄부를 줘야지. 설백천 그놈을 잡는 걸 도와주는데 누군들 용서하지 않겠어. 거기다 원하는 건 뭐든 들어줄 수 있지."

"정말이요? 우리 집을 좀 크게 넓히고 싶은데……."

"날 도와준다면 당연히 해줘야지. 원하는 게 있으면 뭐든 말해봐."

第五章

암운(暗雲)

　열흘에 한 번씩 그녀는 무거운 거문고를 들고 천인조를 찾아왔다. 설백천에게 글을 가르치는 사부에게 드리는 선물이라며 술과 함께 연주와 노래를 들려줬다.

　천인조에게는 악인도에서 유일하게 즐거운 시간이었다. 물론 고설란에게 더 많은 것을 요구할 수 있었고, 그녀도 기꺼이 들어줄 수 있다는 언질을 주었다.

　하지만 천인조는 고설란의 유혹을 뿌리쳤다. 황제에게 직언을 한 죄로 악인도까지 유배를 왔다. 군자(君子)의 도리(道理)를 지키다가 여기까지 왔는데, 이곳에서 그 도리를 저버릴 수는 없었다.

천인조는 술에 취하고 음악에 취해 연주를 하는 고설란을 바라보았다. 그녀는 아름다웠다. 외모가 아름다웠고 마음이 아름다웠다. 그녀가 비록 기생이었고 악인도에서도 정숙함과는 거리가 먼 삶을 살고 있었지만, 음악을 알고 시를 알고 도리를 실천하니 어찌 아름답다고 하지 않겠는가?

고설란은 노래를 하면서 천인조를 향해 웃었다. 언제나 그녀의 유혹은 참기가 힘들었다. 이렇게 고설란이 왔다 가는 날이면 잠들지 못하는 밤이 이어졌다.

오늘 밤도 꽤나 길 것 같았다.

＊　　＊　　＊

깔깔거리는 그들의 웃음소리가 귓가를 후벼팠다. 저들의 즐거움이 소소미에게는 고통의 칼날이 되어 심장을 찔렀다.

설백천은 그녀와 있으면서 한 번도 저런 즐거운 모습을 보인 적이 없었다. 아니, 함께 놀아준 적도 없었다. 그녀와 있을 때는 오직 육체의 쾌락만을 찾았고, 만족하면 싸늘하게 돌아가 버렸다.

남자는 으레 그런 줄 알았다. 악인도의 남자란 어차피 다 그런 자들뿐이니까.

하지만 설백천에게서 이상한 체취를 느낀 후 뒤를 밟아 온 바닷가는 소소미에게 깊은 절망을 안겨줬다. 더 이상 설백천은 그의 남자가 아니었다. 그와 살을 부대낄 수 있지만 사랑이라는 애틋한 감정은 그녀의 몫이 아니었다.

더 이상 저들의 발가벗은 모습을 보고 있을 수가 없었다. 소소미는 집으로 힘없는 걸음을 옮겼다. 이 밤보다 더 깊은 어둠이 그녀의 가슴을 뒤덮었다.

"어… 어떻게 알았어?"

깜짝 놀란 설백천의 물음에 예야후는 웃음을 머금었다.

"네가 느끼는 감정은 나도 느낄 수 있어."

"이건 심하게 불공평한데. 오직 너만이 날 느낄 수 있잖아. 난 너에 대해 아무것도 모를 때에도."

"네가 다른 여자와 자도 괜찮아. 지금은 내가 채워줄 수 없는 부분이니까."

"진짜?"

"하지만 내가 열여덟 살이 되고 너와 내가 완전하게 하나가 되었는데 네가 다른 여자와 있는다면, 내 기분이 지금보다 훨씬 나쁠 거야."

"지금도 나쁘다는 거네."

"좋아하는 남자가 다른 여자와 있는데 기분 나쁘지 않을 여자가 어디 있냐?”

설백천은 예야후의 볼을 감싸 쥐었다.

“이제 네 열여덟 번째 생일까지 사흘 남았구나.”

“그때까지는 널 만나러 오지 못할 거야.”

“그 야혼대법이라는 거… 괜찮은 거지?”

“당연하지. 사부님께서 내게 해가 될 일을 하실 리 없잖
아?”

“그래도 그 영감이 워낙 음흉하게 생겨서.”

“킥킥! 알고 보면 좋은 분이야.”

설백천은 아쉬운 마음에 손을 놓지 못했고 예야후 역시 돌
아갈 시간이 됐는데도 움직이지 않았다. 한참 동안 그렇게 예
야후를 보던 설백천은 주머니에서 목걸이를 꺼냈다. 상어의
배에서 찾아낸 목걸이였다.

“미리 주는 생일 선물이야.”

놀란 예야후의 얼굴에 함박웃음이 걸렸다.

“예쁘다!”

설백천이 목걸이를 걸어주며 말했다.

“네 생일이 지난 다음 날부터 기다리고 있을 거야.”

“응. 꼭 올게.”

그 말을 남기고 그녀는 북섬으로 돌아갔다. 앞으로 사흘이
삼 년처럼 길게 느껴질 것 같았다.

*　　　*　　　*

분노의 발톱이 할퀸 상처가 아파서였다. 그래서 끊임없이 눈물이 흐르는 것이다. 집으로 돌아오는 내내 눈물은 멈추지 않았고 방에 들어와서도 어깨의 떨림은 가라앉지 않았다.

소청이 방으로 들어왔는데도 소소미는 여전히 울고 있었다.

"백천이 때문이니?"

누군가에게 위로를 받고 싶어서일 것이다. 자신도 모르게 고개가 끄덕여졌다.

"휴우—! 결국 백천이가 네 눈에서 눈물을 뽑아내는구나."

"백천이 그 나쁜 놈이 내가 아니라 다른 여자를 좋아하더라고!"

"다른 여자? 누군데?"

"몰라! 내가 본 적 없는 년인 걸 보니 북섬에 사는 그 영감의 제자인가 뭔가 하는 년이겠지!"

"나쁜 놈! 좋다고 덮칠 때는 언제고 이제 와서 내 딸을 울려? 그런 놈은 아주 혼쭐이 나야 해!"

소청의 응원에 소리 없는 눈물은 통곡이 되었다. 소청이 그녀를 부둥켜안고 등을 쓰다듬었다.

"세상 남자들은 다 똑같다. 백천이 그놈한테 몸은 줬지만 마음까지 주면 안 된다."

"나도 그러고 싶지만… 그게 안 돼."

"억지로라도 그렇게 만들어야지. 그게 너도 사는 길이다."

소청은 소소미를 밀어내며 시선을 맞췄다.

"내 말 잘 들어. 왕 도주가 너와 백천이 관계를 알아버렸다."

"뭐? 그게 정말이야?"

"그래. 네가 내 딸이어서 왕 도주가 어떻게 할까 고민을 하고 있는 중이야. 내 딸이 아니었으면 너희 둘은 벌써 수장이 되었을 거다. 내가 사정사정해서 시간을 벌었지만……."

소청은 긴 한숨과 함께 고개를 저었다.

"저… 정말 왕 도주가 날 죽일까?"

"이년아, 규율을 어기면 어떻게 되는지 몰라서 그래?"

"어떡하지? 백천이가 지켜주겠지?"

"악인도에서는 도주가 법인 거 몰라? 아무리 백천이라도 규율을 어긴 이상 죽은 목숨이야!"

죽음이라는 단어는 생소했지만 가장 깊은 공포이기도 했다.

"도망쳐야 할까?"

"이 손바닥만 한 섬에서 어디로 도망친단 말이냐?"

“그럼 앉아서 죽으란 말이야?”

“네 목숨을 구할 방법이 전혀 없는 건 아니다.”

“내 목숨이라면… 나 혼자?”

“아직도 백천이 그 나쁜 놈을 감싸고 싶은 것이냐?”

잠시 생각하던 소소미는 힘차게 고개를 저었다.

“아니.”

“좋아. 그럼 내가 시키는 대로 해야 한다.”

*　　*　　*

“이곳은 아니라고?”

야귀가 고개를 끄덕이자 예야후는 또 하나의 동굴에 가위
표를 했다. 최종 목표였던 세 개의 지하수로는 다시 열두 개
의 미로로 늘어나 있었다.

야귀의 등을 두드리며 수고했다고 말하는 예야후를 보던
예달천은 몸을 돌렸다. 그의 입에서는 시름 깊은 한숨이 새나
왔다.

‘해야겠지?’

사십 년을 준비한 대업(大業)이다. 야혼대법을 완성하는 동
안 두 사제(師弟)가 죽었고 그 또한 죽음이 얼마 남지 않았다.
야혼대법은 그들 사형제의 목숨을 담은 염원이었고 모산파의

미래가 걸린 일이다.

다만 마음 한구석에 갈등이 이는 것은 야혼대법의 불확실성 때문이다. 야귀가 모산파의 비전(秘傳)으로 만들어진 실제 존재라면, 야혼(夜魂)은 전인미답(全人未踏)의 '어떤 것' 이다.

아직 만들어진 적이 없는, 그저 그들 세 사형제의 머릿속에서만 형상화되어 세상에서 가장 강한 존재라는 믿음만 있는 상상 속의 산물이나 마찬가지인 것이다.

야혼대법을 완성하느라 족히 쉰 명의 야귀가 죽었고 그보다 두 배는 많은 인간이 희생되었다. 여자 야귀와 정사를 한 남자는 어김없이 죽었다. 어렵게 잉태를 한 여자 야귀는 사산(死産)을 반복했다.

십수 년의 노력 끝에 태어난 예야후는, 그래서 그 자체로 기적이었다. 예야후 이후로는 단 한 명도 성공하지 못했으니 말이다.

그녀는 기대한 대로의 능력을 보여주었다. 무공의 성취는 빨랐고 신체의 회복력은 놀라웠다. 그 총명함 또한 예달천을 흡족하게 했다.

여자라는 것 외에는 흠잡을 데가 없는 신체였다. 그리고 이제 마지막 관문이 남아 있었다. 완전한 성체(成體)가 되는 십팔 세가 되면 예야후의 신체는 변화하게 된다. 야귀 본래의 강인한 육체와 그동안 펼친 대법의 효능이 동시에 터져 나오는 것이다.

이론적으로는 인간의 범주를 벗어난 완벽한 신체가 된다. 하지만 이전에 한 번도 존재하지 않았던 '무엇' 이기에 성공을 보장할 수는 없었다.

어쩌면 외형이 야귀처럼 흉하게 변할 수도 있었고, 제 힘을 못 이겨 폭발할지도 모른다. 그저 지금까지의 경과가 예상대로였기 때문에 성공할 확률이 높다고 믿을 뿐이다.

야혼을 만든 애초의 목적은 악인도를 탈출하기 위해서였다. 바다의 격류를 이겨낼 만큼 강인한 육체를 탄생시켜 모산파로 보내 구조를 요청하려는 생각이었다.

하지만 사십 년의 세월이 지나고 예달천 홀로 남은 지금은, 예야후가 악인도를 탈출해 모산파를 중흥시키기만을 바랐다. 내년이면 백 년의 삶을 채우는 예달천에게 더 이상 삶의 미련은 없었다.

그래서 틈나는 대로 모산파에 대한 애기를 했고 예야후도 모산파를 자신의 집처럼 여겼다. 이제 대법만 완성되면 탈출로를 찾아 예야후는 모산파로 가게 될 것이다.

뜻하지 않게 모산파를 떠나 사문에 아무 공로도 세우지 못했지만, 이제 그들 사형제의 손으로 만든 예야후가 모산파를 무림제일의 문파로 만들 것이다.

예야후가 여신(女神)의 모습으로 무림을 종횡하는 상상을 하니 가슴이 벅차올랐다. 그래서 격혼단(格魂丹)이 든 상자를 여는 그의 손은 떨렸다.

달걀 크기의 붉은색 알약에서는 피 냄새 같은 비린내가 났다. 드디어 내일이다. 내일, 신에 가장 가까운 인간이 탄생하는 것이다.

*　　　*　　　*

두 개의 손이 허공에서 어지럽게 얽혔다. 잡으려면 미끄러지고 치려면 막는, 얼굴이 두 뼘밖에 떨어지지 않은 좁은 공간에서 일어나는 격전이었다.

일각의 시간이 지나는 동안 유재영은 손등과 팔목에 커지는 고통을 느꼈다. 그의 붉은 피부와는 달리 설백천은 여전히 갈색의 건강한 살결을 유지하고 있었다.

불꽃이 튀는 듯한 소리가 끊임없이 울리는 가운데 어느 순간 부딪침이 멈췄다.

"헙!"

유재영은 가쁜 숨을 뱉으며 팔목을 잡은 설백천의 손을 떼어내려 했지만 이미 늦어버렸다. 의지와는 상관없이 몸이 붕 뜨더니 꼴사납게 땅을 뒹굴었다.

"젠장!"

유재영은 욕설을 뱉으며 일어섰다. 언젠가는 설백천이 그를 뛰어넘을 것이라는 걸 알고 있었다. 하지만 이렇게 빨리는 아니었다. 설백천의 자질을 인정한다고 해도 이건 너무 빠른 속도였다.

다시 네 개의 손이 격돌했다. 그리고 이번에도 유재영은 허공을 날았다. 땅과 부딪치며 받은 고통보다 패배감이 더 뼈를 아프게 했다.

"사부도 오늘로서 끝이네. 하지만 이번만은 특별히 살려줄게. 엄마가 꽤 마음에 들어 하는 것 같으니까."

손을 턴 설백천이 돌아섰다. 설백천은 이겼다고 생각했지만 유재영은 이대로 패배를 인정할 수 없었다.

"아직 끝나지 않았다."

"응? 더 보여줄 게 있단 말이야?"

유재영은 다리를 어깨 넓이로 벌리고 무릎을 약간 굽혔다. 주먹은 가볍게 쥔 후 아랫배 앞에 놓았다. 무형권의 기수식(起手式)이었다.

왼발과 왼팔을 동시에 앞으로 내딛으며 팔을 약간 굽혀 손바닥을 위로 보이게 만들었다. 아주 천천히 움직이는 유재영을 설백천은 흥미로운 눈으로 보았다.

"새로운 무공이야? 하지만 너무 느리잖아."

"직접 부딪쳐 봐라."

유재영은 위로 올린 손가락을 까딱거렸다. 설백천이 빠르게 가까워졌다. 주먹이 허공을 가르고 얼굴에 맞으려는 찰나 고개를 비틀며 한 발을 내딛었다.

설백천의 주먹이 귓불을 스치고 지나갔다. 동시에 유재영의 손등은 설백천의 옆구리를 쳤다. 손등에 느낌이 오는 순간 설백천은 훌쩍 물러섰다. 제대로 충격을 주지 못했다는 걸 느낄 수 있었다.

"마냥 느린 것만은 아니네."

설백천이 다시 움직였다. 한 번 위기를 겪었음에도 거침없는 공격이 들어왔다. 들어오는 설백천의 속도와 둘 사이의 간격을 순간적으로 계산해서 이번에도 발을 내딛었다.

주먹이 어깨를 스치고 지나가는 순간 또 옆구리를 노렸다. 하지만 이번에는 미리 대비한 설백천이 손바닥으로 막았다. 유재영은 몸을 앞으로 쑥 내밀어 어깨로 설백천의 어깨를 밀었다.

둔탁한 느낌과 함께 설백천이 뒷걸음질을 쳤다. 나아가는 속도를 이용해 크게 한 발을 내딛은 유재영은 설백천의 가슴을 향해 주먹을 뻗었다. 설백천이 황급히 팔목을 잡았지만 이번에는 낭심을 향해 무릎이 날아갔다.

급한 숨을 뱉은 설백천이 뒤로 훌쩍 물러났다. 그러나 설백천은 유재영과의 거리를 벌릴 수 없었다. 어느새 따라붙은 유재영의 손바닥이 아래에서 위로 불쑥 솟아올라 턱을 노렸다.

고개를 뒤로 젖혀 피했지만 손바닥 끝이 턱에 걸렸다. 턱은 조그만 충격에도 중심을 잃게 만드는 치명적인 급소였다. 비틀비틀 물러서는 설백천을 따라간 유재영은 가슴에 일격을 날렸다.

주먹에 느껴지는 묵직한 충격과 함께 설백천은 뒤로 나뒹굴었다.

"쿨룩! 쿨룩!"

쓰러진 설백천은 기침을 토하더니 이내 벌떡 일어섰다. 방금 공격은 통나무도 박살 낼 수 있는 위력이었는데, 맷집도 괴물 같은 녀석이었다.

"뭐야? 분명 그리 빠른 공격은 아니었는데?"

"그럴까? 다시 덤벼보아라."

이번에는 신중하게 움직였다. 천천히 거리를 좁혀오는 설백천을 향해 유재영이 갑자기 뛰어들었다. 응축된 힘을 폭발시켜서 내딛는 걸음은 눈 깜빡할 새에 둘 사이의 공간을 없애버렸다.

설백천은 양쪽 팔뚝을 가슴 앞에 모았다. 그 팔뚝으로 유재영의 주먹이 틀어박혔다. 둔탁한 소리와 함께 설백천이 주르륵 밀려났다.

득달같이 달려든 유재영에 의해 둘 사이의 공간은 단숨에 사라졌다. 잠시의 쉴 틈도 없이 유재영의 공격은 이어졌다. 주먹과 다리, 팔꿈치, 무릎, 어깨 등 온몸을 이용한 공격은 설백천에게 반격할 틈 따위는 주지 않았다.

물러나면서 막기에만 급급했고 결국 배에 팔꿈치를 맞고 쓰러졌다. 엎드린 설백천의 턱 아래 유재영의 발등이 놓여졌다.

"이제 알겠느냐? 넌 아직 애송이다."

설백천은 몸을 뒤집어 드러누웠다.

"비겁하게 이제까지 무공을 숨기고 있었던 거야?"

"무림에서는 자신의 삼 할은 꼭 숨겨놓아야 한다. 모든 것을 내보이는 건 바보나 하는 짓이지."

"그 말 기억해 놓지."

형편없이 깨졌으면서도 설백천은 왠지 기분이 좋아 보였다. 설백천이 기분 좋은 이유가 무엇이든 유재영 또한 나쁘지 않았다. 이성 정도밖에 익히지 않은 무형권의 위력을 확인했기 때문이다.

앞으로 갈 길은 멀었고 익히는 속도는 더욱 느려질 것이다. 무형권의 진정한 위력은 아직 나오지도 않았다. 그 수련의 고통을 견뎌낼 수 있을지조차 확신할 수 없었다.

하지만 지금은 무형권이 신기루가 아니라는 것에 만족하기로 했다. 그는 나날이 강해지고 있었다. 무형권의 성취가 팔성에만 이르면 청산권문의 그 누구도 두렵지 않았다.

"오늘이야."

설백천이 갑자기 그렇게 중얼거렸다.

"응? 뭐가 오늘이라는 거냐?"

"그 애의 생일."

"누구?"

"큭큭큭! 하하하하—!"

설백천이 미친놈처럼 웃는 이유를 끝내 알아내지 못했다. 역시 녀석이 기분 좋은 이유는 딴 곳에 있었다.

*　　　*　　　*

철컥! 철컥!

예야후의 손발에 수갑과 족쇄가 채워졌다. 돌로 만들어진 탁자에 누운 그녀는 서늘한 기운에 몸을 떨었다.

"만에 하나를 걱정해서 이러는 것이니 너무 염려하지 마라."

예달천은 그리 말했지만 수갑과 족쇄를 찬 예야후는 불안함을 떨칠 수가 없었다. 평생을 야후대법에 묶여 살았다고 해도 과언이 아니었다.

그것을 위해 먹고 숨 쉬고 무공을 익혔다. 그렇게 살아온 십팔 년의 결과가 오늘 나타난다. 기다림의 순간들은 기대를 품고 있었어도 막상 그 순간이 다가오자 긴장으로 몸이 굳었다.

예달천은 격혼단을 들고 예야후 곁에 섰다.

"입안에 넣고 있으면 침과 함께 자연히 녹아들어 갈 것이다."

그녀는 입을 한껏 벌렸다. 격혼단은 예야후의 입안을 가득 채웠다. 그녀의 인상이 찡그려졌다. 비릿한 냄새는 절로 욕지기를 불러 일으켰다.

침에 녹아 흘러들어 가는 격혼단은 피를 삼키는 것 같았다. 이제 막 흘러나와 아주 끈적끈적한 그런 피.

＊　　＊　　＊

"내일이 내 열여섯 번째 생일이야."

그 말을 하는 소소미의 목소리는 잘게 떨렸다. 설백천은 그녀에게 아무것도 해줄 수 없었기에 할 말 또한 없었다. 그의 침묵에 소소미가 다시 입을 열었다.

"알아. 아직 넌 힘이 없다는 걸. 그냥 오늘만… 오늘 밤만 나와 있어줘."

오늘은 그냥 혼자 있고 싶었다. 예야후가 야혼대법을 받고

있을 지금, 이제껏 존재조차 생각해 보지 않은 신에게 기도라
도 하고 싶었다.

"오늘은 곤란해. 다음에……."

"다음은 없어! 난 내일 왕거붕에게 가야 한단 말이야!"

소소미의 절박함을 이해할 수 있었다. 그가 예야후를 좋아
하는 감정의 반만큼이라도 소소미를 좋아한다면 가슴이 까맣
게 타들어갈 것이다.

"부탁이야. 나와의 마지막 밤이잖아."

'마지막'이라는 말이 설백천의 마음을 움직였다. 결국 설
백천은 소소미와 내키지 않은 동행을 허락했다. 오늘은 소소
미와 마지막 밤이지만 내일은 예야후와의 첫날이 시작될 것
이다.

*　　　*　　　*

"지금입니다! 어서 띄우십시오!"

어부의 말에 세 척의 배가 바다에 떨어졌다. 열 명 이상 탈
수 있는 배는 악인도로 갈 수가 없었다. 조각배에 오르는 스
물한 명의 얼굴에는 비장함이 서려 있었다.

조용태는 세 척의 배에 일곱 명씩 나눠 탄 자들에게 말했
다.

“너희에게 우리 청산권문의 미래가 걸려 있다는 걸 잊지
마라. 돌아오면 우리 문의 미래는 너희의 것이다. 출발해라!”

조각배와 범선을 묶고 있는 선이 끊어졌다. 배는 밤바다를
잠시 배회하다가 악인도를 향해 미끄러졌다.

“악인도에 있는 둘에게 신호를 보내라!”

＊　　＊　　＊

긴 손톱이 설백천의 등에 붉은 자국을 만들었다. 끈끈한 교
성이 길게 이어지고 설백천은 몸을 굴려서 소소미에게서 떨
어졌다. 나무 안 좁은 공간에는 한참 동안 두 사람의 거친 숨
소리만이 가득했다.

누구도 입을 열지 않는 긴 시간이 이어졌다. 소소미는 안타
까울 것이고 설백천은 해줄 말이 없었다. 그런데 그들이 아닌
타인이 불편한 침묵을 깨뜨렸다.

“여어! 여기에서 진한 살 냄새가 나네!”

깜짝 놀라서 몸을 일으키는데 나무 안으로 횃불이 쑥 들어
왔다. 그리고 나타난 얼굴은 왕거붕의 심복 한주찬이었다.

“이런! 이런! 아주 큰일을 저지르고 계시는구만.”

＊　　＊　　＊

하명운과 이철장은 백사장으로 나갔다. 두 척의 배가 어둠 속에서 모습을 드러냈다. 신호로는 세 척이 출발했다고 했는데, 한 척은 수장이 된 모양이다.

그들은 철퍽거리면서 바다로 들어가 배를 백사장 가까이 끌어올렸다.

"너희 공이 크다."

그들에게 공치사를 한 사람은 청룡당의 당주 문일석(文一席)이었다.

"할 일을 했을 뿐입니다."

"유재영은 어디 있느냐?"

이번에 물은 사람은 주작당을 맡고 있는 장백항이었다. 가는 눈에 날카로운 콧날, 얇은 입술이 냉혹한 성격을 얼굴로 말해주고 있었다.

"마을에 있습니다. 저희가 안내하겠습니다."

"악인도에 있는 자들의 무공은 어느 정도냐?"

"무공이라고 할 건 없고, 완력을 쓰는 사내들이 꽤 있기는 하지만 걱정할 정도는 아닙니다."

"우리 열넷으로 충분하다는 뜻이냐?"

"차고 넘칠 것입니다."

"다행이군."

문일석이 물었다.

"아무리 죄수들만 있는 곳이라도 나름대로의 질서는 잡혀 있을 텐데, 이곳은 어찌 돌아가고 있느냐?"

"도주라는 지위가 있는데 이곳에서는 황제의 권력을 쥐고 있는 것이나 마찬가지입니다."

이철장은 악인도에 대해 그동안 파악해 놓은 것에 대해 설명했다. 복잡할 것이 없으니 설명은 일각을 넘지 않았다.

"도주란 자만 제압하면 되겠군. 유재영은 특별한 움직임이 없고?"

"살펴보려고 했습니다만 숲 속으로 자취를 감추었다가 밤 늦어서야 돌아오는 바람에 얼굴을 보기도 힘들었습니다. 하지만 이 시간쯤에는 집에서 자고 있을 것입니다."

"반씩 나눠서 한쪽은 유재영을 잡고 한쪽은 도주란 자를 제압하는 게 좋겠군."

장백항의 말에 문일석이 고개를 끄덕였다.

"도주라는 자의 무공이 그리 높지 않다니 자네하고 내가 수하 다섯과 함께 유재영을 잡는 게 좋겠군."

"그렇게 하세."

하명운이 말했다.

"유재영에게는 제가 안내하겠습니다."

*   *   *

설백천은 나무를 나와 몇 걸음 옮기기도 전에 이것이 함정이라는 걸 알아챘다. 한주찬이 아닌 설백천의 눈치를 살피는 소소미의 모습 때문이었다.

그녀는 설백천에게 불안함을 호소하지도 않았다. 그저 설백천을 힐끔거리며 묵묵히 한주찬의 뒤를 따를 뿐이었다.

"왜 그런 거냐?"

묻는 음성이 크지도 않았는데 소소미가 화들짝 놀랐다.

"뭐… 뭐가?"

"왕거붕에게 붙은 이유가 뭐야? 이제 두 달 후면 내가 도주가 될 텐데."

불안한 표정을 짓던 소소미의 얼굴이 싸늘하게 굳었다.

"너 때문이야. 네가 그 계집에게 빠지지만 않았어도 내가……."

말을 끝맺지 않은 소소미는 빠른 걸음으로 한주찬과 어깨를 나란히 했다. 설백천을 잡기 위해 한주찬을 보낸 것은 아니었다. 악인도에서 무력으로 그를 제압할 수 있는 사람은 유재영이 유일했다.

지금으로서는 왕거붕이 무슨 생각을 하는지조차 알 수 없었다. 악인도의 규율은 절대적이다. 규율을 어긴 자는 악인도에 사는 모든 사람의 적이 된다.

그러나 지금의 설백천과 왕거붕의 상태를 생각하면 무작정 설백천을 죄인으로 몰아세울 수도 없었다. 흑강악어 사태에서도 알 수 있듯이 현재 왕거붕은 철저하게 무능한 도주였다.

서산에 기울어 붉은 피를 토하는 해가 왕거붕이라면 동쪽 하늘을 찬란하게 밝히는 태양은 설백천이다. 그러니 하찮다면 하찮다고 할 수 있는 규율 위반으로 모든 도민이 설백천을 적으로 규정하지는 않을 것이다.

편이 나뉘면 무력이 강한 설백천이 왕거붕보다 유리할 수밖에 없었다. 그런데도 굳이 함정까지 파는 수고를 했다는 건 왕거붕에게 믿을 만한 구석이 있다는 뜻이다.

궁금증을 안고 마을 중앙에 있는 공터로 갔을 때 설백천은 그 이유를 알 수 있었다. 그곳에 고설란이 있었다.

밧줄에 묶인 그녀의 어깨 위에 횃불을 받아 금색으로 빛나는 칼이 놓여 있었다. 그리고 그 주변에는 왕거붕을 따르는 열두 명의 사내가 자리했다.

악인도의 주민 백 명이 함께 있었지만 그들은 방관자일 수밖에 없었다. 설백천이 공터의 가장자리에 발을 들여놓았을 때 왕거붕이 외쳤다.

"거기 서라!"

고설란의 목에 칼이 들이대진 이상 왕거붕이 시키는 대로 해야 한다. 그가 걸음을 멈추자 왕거붕이 짐짓 준엄한 음성으로 꾸짖었다.

"네 죄를 네가 알렸다!"

"그래서 어쩌겠다고? 죄지은 사람은 난데 묶인 사람은 왜 엄마야?"

철컹!

설백천의 발치로 수갑과 족쇄가 떨어졌다.

"네 말이 맞다. 죄인은 수갑과 족쇄를 차라!"

설백천은 불빛을 받아 번들거리는 쇠붙이를 물끄러미 내려다봤다. 저걸 차는 순간 죽음은 기정사실이 된다. 아무리 그의 무공이 높아도 수갑과 족쇄를 찬 상태에서 왕거붕 패거리를 이길 수는 없었다.

하지만 고설란을 인질로 잡고 있으니 왕거붕 말을 듣지 않을 수도 없는 노릇이다. 그야말로 진퇴양난(進退兩難)의 순간이었다.

그때 고설란이 입을 열었다.

"행여 왕 도주의 말을 들을 생각은 꿈에도 하지 마라. 만약 네가 수갑과 족쇄를 차면 난 혀를 깨물 것이다."

"엄마……."

"너의 죽음을 짊어지고 살 수는 없으니, 난 틀림없이 그리

할 테다.”

고설란의 말에 설백천도 왕거붕도 당황스러웠다. 물론 더 당황한 쪽은 왕거붕이었다. 그는 고설란의 어깨에 놓인 칼을 목에 붙였다. 살이 짓눌려 조금만 더 힘을 쓰면 피가 나올 것 같았다.

“네 어미가 죽는 꼴을 보고 싶은 것이냐! 어서 수갑과 족쇄를 차라!”

주위에 모인 주민들이 술렁였다. 하지만 대놓고 왕거붕을 비난할 수도 없는 건 어쨌든 규율을 위반한 건 설백천이었다. 설백천은 이러지도 저러지도 못하고 그저 엉거주춤 서 있기만 했다.

갑자기 고설란이 버럭 소리를 질렀다.

“뭘 고민하는 것이냐! 이놈이 날 죽이면 내 원수를 갚으면 그만이다! 자고로 장부는 독해야 하는 법! 절대 비겁한 수에 무릎을 꿇어서는 아니 되느니라!”

“이년! 조용히 해라!”

왕거붕의 발길질에 고설란이 쓰러졌다.

“엄마!”

설백천이 달려가려 했지만 목젖에 놓인 칼 때문에 세 발짝도 움직이지 못했다.

“새끼야! 규율을 어겼으면 벌을 받아야지! 어서 그 수갑과 족쇄 차지 못해!"

그때 주민들 사이에서 목소리가 흘러나왔다.

"죄를 지었으면 벌을 받아야 하는 게 마땅하나, 죽음은 너무 가혹한 처벌 같소만."

목소리에 이어 모습을 드러낸 사람은 천인조였다.

"그동안 백천이가 악인도에서 세운 공은 차치하고라도, 그는 악인도에 꼭 필요한 인물이오. 만약 흑강악어가 또 알을 낳는다면 누가 그 알을 없앨 수 있겠소? 그 외에 범인으로서 해결할 수 없는 일이 생기지 말라는 법도 없으니 백천이는 악인도에서 꼭 있어야 할 존재요."

주민들 사이에서 여러 개의 동조하는 목소리가 터졌다.

"시끄러! 규율을 어겼으면 벌을 받는 건 악인도의 전통이다! 그것이 지켜지지 않으면 악인도는 순식간에 난장판이 될 것이야!"

"왕 도주는 백천이가 도주의 지위를 차지하려는 걸 걱정하는 게 아니오? 만약 백천이가 도주의 위를 포기한다면 어떻겠소?"

"뭐?"

"백천이 넌 그런 약속을 할 수 있겠느냐?"

고민할 필요가 없는 질문이었다.

"엄마를 살릴 수 있다면 도주 따위는 아무래도 좋아."

지금 생각은 그랬다. 물론 시간이 지나면 생각이 달라질 것
이다. 눈에 보이지도 않는 약속을 철저히 지킬 정도로 설백천
은 정직한 인간이 아니었다.

왕거붕 또한 신의 따위는 개나 주라는 생각을 가진 인간이
었다. 당연히 설백천의 약속은 믿지 않았다.

"주둥이로 씨부렁거리는 건 입만 달리면 누구나 할 수 있
는 거지!"

씩씩거리던 왕거붕이 말했다.

"좋아. 그 족쇄와 수갑을 찰 수 없다면 다른 제안을 하지.
딱 한 가지만 하면 이번 일은 없던 것으로 하겠다."

"그게 뭔데?"

"북섬의 모산도사의 머리를 가져와라."

"뭐야? 뜬금없이 그 조건은 뭐야?"

"그 영감이 만든 야귀 때문에 주민 모두가 불안해하고 있
다. 이곳으로 오는 죄수들 반도 그 영감이 데려가고. 그 영감
만 없으면 이 악인도는 훨씬 살기 좋은 곳으로 변할 것이다.
그러니 네 죄를 상쇄하는 공을 세우라는 거다. 원래 네 죄는
죽어야 마땅하지만 특별히 너니까 살 수 있는 기회를 주는 것
이다."

확실히 특혜라면 특혜라고 할 수도 있는 조건이었지만, 누
구라도 알 수 있듯 불가능한 임무였다. 야귀가 가득한 곳에

들어가 모산도사를 죽이라는 건, 그냥 가서 자살하라는 의미와 다름이 없었다.

왕거붕이 비릿한 웃음을 머금고 말을 이었다.

"임무를 완수하려면 서둘러야 할 것이다. 북섬으로 가는 길이 열려 있을 시간이니까."

설백천은 오래 생각하지 않고 고개를 끄덕였다.

"좋아. 그 영감 목을 가져오지. 그때까지 엄마 잘 모시고 있는 게 좋을 거야. 엄마 몸에 상처 하나라도 나면 왕 도주 네 목숨으로 보상받을 테니까."

왕거붕은 설백천이 막상 승낙을 하자 어리둥절한 표정을 지었다. 그 임무가 불가능하다는 건 누구나 알고 있었다. 왕거붕은 단지 설백천에게 선택의 기회를 줬다는 생색을 내고 싶었을 뿐이다.

"오늘 안으로 가져와야 한다! 야! 한주찬! 저놈과 같이 가라!"

한주찬은 화들짝 놀랐다.

"네? 저… 저보고 북섬에 가란 말입니까?"

북섬은 악인도에 사는 누구에게나 공포의 이름이었다.

"그래! 가서 설백천이 그 영감을 죽이는가를 똑똑히 확인하란 말이다!"

눈을 부라리는 왕거붕을 보면 거부했다가는 당장 맞아 죽을 것 같았다. 한주찬은 어쩔 수 없이 설백천을 따라 걸음을 옮겼다.

달빛도 나뭇잎에 가려 보이지 않는 어두운 밀림을 걷다가 설백천이 말했다.

"너도 재수가 없군. 나하고 같이 저승으로 가다니 말이야."

"시끄러! 이게 다 너 때문이잖아!"

설백천은 갑자기 돌아서서 한주찬의 목을 잡았다.

"당장 목을 부러뜨리고 북섬에서 죽었다고 전해줄까?"

"아… 아니… 잘못… 했어……."

설백천은 한껏 공포와 고통을 준 후 한주찬을 놓아주었다. 모산도사를 죽일 마음이 없으니 한주찬을 북섬까지 데려가서는 안 된다.

설백천이 필요한 것은 단지 시간이었다. 일단 북섬에 가서 이 사태를 의논해 봐야 한다. 모산도사는 왠지 그에게 호의적이니 도움을 줄지도 모른다. 예야후에게 이런 일이 일어나게 된 배경을 설명해야 하는 게 껄끄럽기는 하지만 지금은 고설란의 목숨이 우선이었다.

짙은 어둠을 밟으며 나아가는 동안 한주찬은 자꾸 뒤로 쳐졌다. 녀석이 짙어진 공포가 설백천에게까지 느껴졌다.

밀림을 거의 벗어나 북섬에 가까워졌을 때 기어코 한주찬이 따라오는 걸 멈췄다.

"나… 난 그냥 여기서 기다릴게. 넌 모산도사의 머리를 가지고 이곳으로 오면 되잖아."

"왕 도주가 같이 가라고 했잖아. 모산도사를 죽이는 데 너도 도움을 줘야지."

"아… 아니야. 난 있으면 방해만 될 거야."

설백천은 짐짓 긴 한숨을 쉬었다.

"결국 나 혼자 해야 하는 거로군."

"헤헤! 원래 네게 주어진 임무잖아."

"젠장! 여기서 꼼짝 말고 기다려!"

그는 빠른 걸음으로 밀림을 빠져나갔다. 검은색으로 물든 바위를 지나자 북섬으로 가는 길이 나타났다. 전에 이 시간에 호기심 삼아 왔던 적이 있어서, 물이 밀려난 길의 위치는 알고 있었다.

설백천은 바위 뒤에 숨어서 북섬 쪽을 살폈다. 희미한 달빛에 드러난 북섬은 바위의 검은 그림자만 드리워 있을 뿐 움직이는 건 보이지 않았다.

정말 모산도사를 죽이려는 건 아니기 때문에 설백천은 목소리를 높여 자신의 방문을 알렸다.

"영감! 영감!"

두 번 외쳤으니 경비를 서고 있는 야귀들이 나올 만도 한데 기다려도 모습을 드러내지 않았다. 두 번을 더 부른 설백천은 조심스럽게 걸음을 내딛었다.

북섬으로 넘어간 설백천은 이끼 덮인 바위를 넘어서 예야후가 살고 있는 곳으로 향했다. 처음 가보는 길이지만 얘기를 들은 적이 있었고 찾기에 어렵지도 않았다.

일각 남짓 바쁜 걸음을 옮긴 설백천은 예야후가 말한 숲에 도착했다. 남섬처럼 우거진 숲은 아니어도 열대과일을 얻을 수 있을 정도는 되었다.

숲의 가장자리를 돌아가자 우뚝 솟은 절벽이 나왔고, 거기에 들었던 대로 동굴이 있었다. 동굴 안에 횃불이 밝혀져서 쉽게 눈에 띄었다.

설백천은 동굴 벽에 걸린 횃불 하나를 들고 안으로 들어갔다.

"아무도 없어? 모산 영감! 예야후!"

설백천의 목소리만 불안하게 되돌아왔다.

"젠장, 다들 어디 간 거야?"

조심스럽게 걸음을 내딛는 동굴은 높이 여덟 자에 폭이 일장 가까이 되었다.

구불구불한 동굴을 반각 정도 들어갔을까?

철퍽!

발에 물이 밟혔다. 그저 물이 고였거니 대수롭잖게 아래를 본 설백천은 화들짝 놀라 물러섰다.

그가 밟은 것은 야귀에게서 흘러나온 피였다. 원래 몸속에 담고 있어야 할 피를 토한 야귀는 머리와 몸통이 분리되어 동굴 구석에 처박혀 있었다.

머리의 잘린 단면이 매끄럽지 않은 것은 무기에 의해 베인 것이 아니라 뜯겨졌다는 걸 의미한다. 칼도 들어가지 않은 머리를 잡아 뜯다니!

'모산파 영감이 또 이상한 걸 만든 걸까?

더욱 조심스러워진 걸음에 다시 야귀의 시체가 걸렸다. 오십 장 남짓을 가는 동안 그렇게 일곱 구의 시체를 발견했다.

머리와 허리가 잘려 나가거나 아예 사지가 다 떨어진 것도 있었다. 공통점이라면 모두 뜯겨져 나갔다는 것이다.

야귀를 저렇게 죽일 수 있는 존재가 있다는 게 믿기지 않았다. 그래서 내딛는 걸음은 조심스러울 수밖에 없었다.

안쪽으로 들어갈수록 동굴은 여러 갈래로 나뉘었지만 야귀의 시체가 길잡이 노릇을 했다.

그렇게 한참을 들어간 후 비로소 동굴이 아닌 방 같은 곳이 나왔다. 스무 평 남짓의 석실이었다.

중앙에 돌로 만든 긴 탁자가 놓인 그곳에서 또 네 구의 야귀 시체를 발견했다. 탁자의 모서리 두 군데는 깨져 있었고, 돌무더기 사이에는 수갑과 족쇄가 보였다.

살아 있는 자가 없다는 걸 확인한 설백천은 돌아서려다가 움직임을 멈췄다. 탁자 너머에 살짝 보이는 천조가리가 그의 눈을 사로잡았다.

석탁의 잔해 위에 놓인 그것은 이제 옷이라고 할 수 없지만 분명 예야후가 입고 있던 것이었다. 막연한 불안은 이제 그녀에 대한 구체적인 걱정으로 성큼 다가왔다.

"야후야! 예야후!"

야귀를 뜯어서 죽인 '무엇' 이 주변에 있더라도 상관없었다. 설백천은 예야후를 부르며 석실을 나가 왼쪽 동굴로 뛰어갔다.

단 하나의 길을 따라 열 걸음을 옮기기 전에 신음 같은 소리가 들렸다. 우뚝 걸음을 멈춘 설백천은 그가 가고 있는 방향에서 들린 소리라는 걸 깨닫고 서둘러 움직였다.

모퉁이를 꺾어서 갈림길에 섰을 때 신음은 왼쪽 동굴에서 들렸다.

안으로 들어가자마자 신음의 주인을 발견할 수 있었다.

"모산 영감!"

동굴의 움푹 파인 곳, 횃불의 그림자가 가장 짙은 그곳에 모산도인은 벽에 기대 앉아 있었다. 그의 입에서 흐른 피가 수염을 타고 가슴으로 뚝뚝 떨어졌다.

횃불을 옮겨 확인한 모산도인의 상태는 아직 숨만 붙어 있

을 뿐 죽음의 문턱을 넘은 것이나 마찬가지였다. 배에 주먹이
들어가고도 남을 구멍이 뚫리고 살 수 있는 사람은 없었다.
기력이 쇠한 늙은이라면 더욱 그렇다.

“영감! 야후는! 야후는 어디 있어!”

설백천이 모산도인의 어깨를 잡고 흔드는데, 피 묻고 주름
진 손이 설백천의 손에 겹쳐졌다. 금방 숨이 넘어갈 늙은이의
아귀힘이라고는 믿기 힘들 정도로 억셌다.

“야후에게… 난… 괜찮다고…….”

“야후한테 무슨 일이 생긴 거야?”

“모산파로 돌아가… 꼭… 꼭… 모산파를… 무림제일의…
문파로…….”

위태롭게 이어지던 목소리는 고개가 모로 꺾이면서 함께
끊어졌다.

“영감! 야후는 어디 있어! 야후 어디 있냐고!”

하지만 죽은 자는 말이 없었다. 설백천은 석실을 뛰쳐나가
며 예야후의 이름을 불렀다.

“야후야—!”

*　　*　　*

한주찬은 밀림 속으로 더 깊이 들어갔다. 북섬에서 최대한

멀리 떨어져 있어야 마음이 놓였기 때문이다. 북섬도 무서웠지만 밤의 밀림도 편하지는 않았다.

밀림에서 맹수라고 해봐야 흑강악어를 빼면 간혹 나타나는 살쾡이가 전부였으나, 밤의 밀림은 인간에게 본능적인 두려움을 주게 마련이다.

부엉이 소리에 놀라 주춤 물러서는데 딱딱한 뭔가가 등에 부딪쳤다. 나무라고 생각하고 고개를 돌리는 시선에 시커먼 무엇인가가 걸렸다. 밤의 색깔이 덧입혀져서 까만 것이 아니라 원래 먹 같은 색깔이었다.

'뭐지?

한주찬은 천천히 고개를 들었다.

"크르르르……."

낮은 목 울림과 함께 하얀 이빨이 보였다. 그것만으로 비명을 토하기에 충분했다.

"아악―!"

＊　　　＊　　　＊

유재영은 앞에 길게 늘어선 여덟 명을 보면서 깊은 절망을 느꼈다. 청산권문의 손에서 절대 안전하다고 믿었던 악인도까지 저들이 쫓아올 줄은 몰랐다.

아니, 애초에 이곳에 있다는 게 들켰다는 자체가 허망한 노릇이다.

"당주를 두 명씩이나 보내다니. 나를 높이 평가하는 것에 대해 감사해야 하나?"

문일석이 말했다.

"네가 아닌 네가 가진 것 때문이다."

"물건을 찾는 거라면 헛걸음을 했군."

"비급을 훔치지 않았다는 말을 하고 싶은 것이냐?"

"그럴 생각은 없어. 지금에 와서 무형권에 대해 모른 척한다고 그냥 갈 자네들도 아니니 말이야. 다만 비급은 존재하지 않는다는 것이지."

"비급이 없어?"

유재영은 검지로 머리를 두드렸다.

"이 안에 담겨 있는데 어떻게 하겠나? 내 머리를 떼어 가면 될까?"

"네놈이 끝까지 문을 우롱하는구나!"

"오늘 같은 경우를 대비해서 살 길은 찾아야 하니까."

장백항이 앞으로 나섰다.

"머릿속에 있는 것을 빼는 건 어렵지 않지."

장백항이라는 인간을 알고 있는 유재영은 굵은 침을 삼켰다. 장백항은 타인의 고통을 진정으로 즐길 줄 아는 몇 되지 않는 사람 중 하나였다.

잘하는 것은 좋아하는 것만 못하고, 좋아하는 것은 즐기는 것만 못하다고 했던가.

최상의 조건을 갖췄으니 고문이 그의 특기가 되었다고 이상할 건 없었다.

"목숨을 걸고 싸워야 할 이유가 생겼군."

유재영은 무형권의 기수식을 취했다. 당주 둘에 나머지가 일곱. 저 중 어린 녀석을 뺀 자들은 모두 알고 있었다. 청룡당과 주작당의 조장(組長)이나 그에 버금가는 무공을 지닌 자들이다.

무형권을 오성 이상 익혔다면 모를까 지금의 그가 상대하기에는 벅찼다. 하지만 순순히 잡혀 고문을 당할 수는 없는 노릇이다.

장백항이 비웃음을 흘렸다.

"못 보던 기수식인 것을 보니 그동안 도둑질한 무형권을 익힌 모양이구나. 하지만 고작 몇 개월 익힌 것으로 될까?"

"똥인지 된장인지 맛은 봐야지."

유재영의 확고한 의지를 확인한 아홉 명은 넓게 퍼져서 그를 포위했다.

*　　　*　　　*

고설란은 왕거붕이 내민 잔에 술을 따랐다.

"이렇게 마주 앉아 있으니 옛날 생각이 나는군."

"우리가 좋았던 시절도 있었지요."

"계속 좋을 수도 있었는데 말이야."

"내 아들을 죽이려고만 하지 않았으면 그랬겠지요."

"악인도에서 태어난 사내아이는 죽게 되어 있어."

"모든 인간은 죽지요. 하지만 백천이가 죽을 곳은 최소한 이곳 악인도는 아니에요."

왕거붕이 피식 웃었다.

"악인도에 속한 이상 이곳의 귀신이 될 수밖에 없다는 걸 아직도 인정하지 않다니. 백 년의 세월이 그걸 증명했는데, 아직도 더 증명해야 하나?"

"백천이가 악인도에서 태어나 열여섯 살을 넘긴 첫 사내아이이듯 이곳을 나가는 첫 사람이 될 거예요."

"그 어린놈은 죽어!"

그 외침이 신호라도 된 듯 밖에서 비명 소리가 들렸다. 깜짝 놀란 왕거붕은 칼을 꺼내 손에 쥐고 고설란을 일으켰다. 자연 설백천이 떠오를 수밖에 없는 상황이었다.

"이 새끼가!"

그는 고설란을 끌어안고 술집 문을 박찼다.

"네 어미가 죽는 꼴을…!"

소리를 치던 왕거붕은 어리둥절한 표정이 되었다. 분명 설백천이라고 생각했는데 수하를 쓰러뜨린 자들은 초면이었다. 그가 처음 보는 자들이라는 건 악인도의 주민이 아니라는 뜻이다.

일곱 명의 낯선 자들은 이미 열 명의 수하를 모두 제압한 상태였다.

"너희는 누구냐?"

"네가 도주냐?"

서른 중반쯤 되어 보이는 자의 물음에 왕거붕은 순순히 고개를 끄덕였다. 유배를 온 죄수도 아니고 상태를 보아하니 난파를 당한 어부 같지도 않다.

그렇다면 일부러 왔다는 뜻이니 뭔지 모르지만 위험한 자들이다. 비명을 듣고 나온 그 짧은 시간에 수하들을 모두 제압해 버렸으니 무공 또한 범상치 않았다. 여러모로 왕거붕에게는 불리한 상황이다.

"지금부터 악인도는 우리가 통재한다."

왕거붕은 잠시 갈등했다. 그를 보고 있는 백여 명의 주민을 생각하면 반항이라도 해봐야 하지만, 혼자 상대할 수 있는 자들이 아니었다. 그렇다고 눈치를 보고 있는 주민들이 모두 합심해서 그를 도와줄 것 같지도 않았다.

“뭐하는 자들인데 악인도까지 와서 행패를 부리는 것이
냐?”

정체를 파악하는 게 급선무였다. 처음 말을 한 사내가 다가
왔다. 적이 설백천이 아니니 고설란은 방패가 될 수 없었다.
그녀를 밀어버린 왕거붕은 칼을 고쳐 쥐었다.

설백천과 유재영에게 밀렸다고는 하나 명색이 악인도의
도주고, 세상에 있을 때도 그의 설풍도법(雪風刀法)은 근방 네
개 현(縣)을 주름잡았었다.

왕거붕의 일 장 앞에서 멈춘 사내가 말했다.

“우리가 필요한 사람은 유재영뿐이다. 그러니 얌전히 있으
면 해치지는 않겠다. 알겠나?”

굳이 싸우지 않아도 된다면 왕거붕에게는 더 바랄 것이 없
었다.

“내가 도주라는 것만 기억해라.”

사내가 비웃음을 흘리고 돌아섰다.

“퉤! 개새끼들!”

고설란을 찾기 위해 고개를 돌리려는 시선에 뭔가가 걸렸
다. 마치 어둠 자체가 움직이는 것 같은 느낌의 ‘어떤 것’ 이
었다.

왕거붕은 스치듯 지나친 시선을 다시 돌려 숲 속에서 걸어
나오는 ‘그것’ 에 초점을 맞췄다. 분명 사람은 아니다. 머리와

몸통 하나, 팔다리 각각 두 개, 직립보행. 사람으로서의 특징은 모두 가지고 있지만 근본적으로 사람은 저렇게 거대할 수가 없다.

얼핏 봐도 일 장은 되어 보이는 키에 검은색의 거대한 덩치는 마치 광야귀를 확대해 놓은 것 같았다. 뒤늦게 괴물을 발견한 주민들 사이에서 비명이 터졌다.

그것에 자극이라도 받은 것처럼 괴물이 사람들을 덮쳤다.

第六章

상실(喪失)

어차피 피할 수 없는 싸움이라면 선제공격이 그나마 이길 가능성을 높여준다. 그래서 막 움직이려 할 때 첫 비명이 들렸다. 마을에서 나는 소리였다.

하나의 비명이었다면 신경도 쓰지 않았을 것이다. 악인도에서 비명은 숲의 새소리만큼 흔하게 들을 수 있으니까.

하지만 죽음의 문턱에서나 나올 법한 비명이 연속해서 들리고 뭔가 부서지는 굉음까지 이어진다면 아무리 악인도라도 평범을 넘어서는 일이다.

"악인도 사람을 모두 죽일 생각이냐?"

질문을 하고 보니 문일석과 장백항도 영문을 모르겠다는 표정이었다. 저들조차 지금 들리는 소리에 의문을 느끼는 것 같았다. 잠깐의 대화를 나누고 있는 상황에서도 비명과 굉음은 계속해서 들려왔다.

"우리 싸움은 잠시 미뤄두는 게 어떤가? 어차피 악인도에서 도망치지도 못할 테니."

문일석이 말했다.

"우리 눈에서 멀어지지 마라."

약속을 받은 문일석이 길을 열어주었다. 물론 약속을 지킬 생각은 없었다. 지금 들려오는 소리의 정체를 파악한 후 틈을 봐서 도망칠 생각이었다. 악인도를 나가지는 못하겠지만, 당분간 숨어서 시간을 벌 정도의 은신처로는 충분하다.

그들은 서둘러 술집이 있는 마을 중앙으로 향했다. 그리고 그곳에서 본 광경은 아마 평생 잊지 못할 것이다.

"저건 대체 뭐냐?"

유재영은 장백항의 물음에 답할 수가 없었다.

설백천은 밀림을 뛰었다. 하늘을 가린 나뭇잎 사이로 희미하게 비추는 달빛에만 의지하기에는 위험한 질주였다. 하지만 예야후에 대한 걱정이 살갗을 찢는 고통 따위는 잊게 만들었다.

　모산도사와 야귀들의 죽음, 석실의 흔적. 거기다 밀림에서 기다리고 있던 한주찬마저 몸통의 반이 날아갔다. 이런 살육의 현장에 예야후의 모습은 보이지 않았다.

　그녀가 받은 야혼대법에 문제가 생긴 게 분명했다. 모산도사가 죽으면서 남긴 말은 그녀가 살아 있다는 걸 의미한다. 하지만 그것이 안도로 이어지지는 않았다. 이 살육의 주범이 예야후일지도 모른다는 예감이 불안하게 스멀거렸다.

　나뭇가지와 칼날 같은 풀잎에 긁혀 상처투성이로 돌아온 설백천은 가장 먼저 심장을 토해내는 비명을 들어야 했다.

　숲의 가장자리, 그의 시선을 가린 마지막 나뭇잎이 사라지자 황금빛으로 일렁이는 화광이 시야를 가득 메웠다.

　옹기종기 모인 집들은 불길에 휩싸였고 비명을 지르며 뛰어다니는 사람들은 불을 끄려는 시도조차 하지 않았다. 그나마 보이는 사람도 열 명 정도밖에 되지 않았다.

　설백천은 공터의 우물가로 뛰어갔다. 사기, 소매치기, 투도(偸盜), 도박 등의 기술들을 설백천에게 전수해 줬던 조맹달(趙孟達)이 넋이 나간 표정으로 앉아 있었다.

　"조 사부! 조 사부!"

　설백천이 흔들자 조맹달은 힘없이 흔들리다 어느 순간 번쩍 정신을 차렸다.

　"으아악—! 괴물! 괴물!"

설백천은 조맹달의 뺨을 사정없이 때렸다. 세 대를 맞자 조맹달은 비로소 설백천을 알아봤다.

"이게 다 무슨 일이야!"

"괴물이 나타났어! 엄청 크고 칼도 튕겨내는! 광야귀보다 열 배, 백 배는 강한 놈이야!"

"엄마는?"

"모… 몰라."

"이런 쓸모없는!"

술집이 있는 마을 중앙으로 달려간 설백천은 그곳에서 조맹달이 말한 괴물을 봤다. 그래, 정확한 표현이다.

괴물!

허리까지 기른 긴 머리칼은 움직일 때마다 말미잘의 촉수처럼 휘날렸고 키는 일 장에 이르렀다. 먹물을 뒤집어쓴 것처럼 까만 육체와 세상에서 가장 깨끗할 것 같은 흰 이빨. 거기에서 묽은 침이 뚝뚝 떨어졌다.

그런데 괴물의 가슴이 불룩 튀어나와 있었다. 괴물에게 성별이 있다면 그것이 여자라는 증거였다.

그리고…….

설백천은 눈을 질끈 감았다. 괴물의 목에 걸린 그것을 보고야 말았다. 그토록 아닐 것이라고, 절대 그래서는 안 된다고, 그럼 너무 아파서 죽어버릴지도 모른다고. 그처럼 부정한 현실은 마침내 설백천에게 와락 다가와 불행의 늪으로 내동댕이쳐 버렸다.

다시 눈을 뜬 설백천의 시선에 어지럽게 움직이는 목걸이가 보였다. 예야후의 열여덟 번째 생일 선물로 준 빌어먹을 목걸이!

설백천은 이성을 잃은 채 걸리는 모든 것을 때려 부수는 예야후를 지켜보고만 있었다.

"백천아!"

아마 서너 번쯤 불린 것 같은데 설백천은 뒤늦게 고개를 돌렸다. 옷은 찢기고 여지저기 그을린 낭패한 모습의 유재영이 다가왔다.

유재영을 보자 다시 고설란에게 생각이 미쳤다.

"엄마! 엄마 못 봤어?"

"모르겠다. 내가 왔을 때는 저 괴물이 벌써 날뛰고 있어서……."

설백천은 유재영의 말이 끝나기도 전에 땅을 박찼다. 어떻게든 예야후를 멈추게 해야 한다. 그녀의 저런 모습을 더 이상 보기 싫었고, 예야후가 멈춰야만 고설란도 그만큼 안전해진다.

"야후! 그만해! 멈추란 말이야!"

나무로 만든 지붕을 때려 무너뜨린 예야후가 그의 목소리

에 고개를 돌렸다. 흰자위 없이 온통 검은 눈은 광야귀의 그
것 같았다.

"크르르……."

예야후의 아름다운 음성은 없었다. 그저 사나운 맹수의 그
것처럼 목젖을 울린 예야후는 설백천을 향해 천천히 다가왔
다. 그녀가 걸음을 옮길 때마다 옅은 진동이 느껴졌다.

"진정하고 정신 차려."

그녀의 검은 눈에 설백천의 모습이 투영되었다. 예야후가
일 장 앞까지 다가왔지만 설백천은 뒷걸음치지 않았다. 비록
괴물로 변하고 이성을 잃었지만 마음 어딘가에 설백천을 품
고 있을 거라는 확신은, 그래서 목숨까지 걸게 만들었다.

"아무 일 없을 거야. 괜찮아."

예야후가 손을 뻗으면 닿을 정도의 거리까지 왔다. 그녀의
콧김이 설백천의 머리칼을 흔들었다. 예야후는 허리를 숙여
설백천을 똑바로 응시했다.

헐렁해야 할 목걸이는 예야후의 목을 꽉 조이고 있었다. 그
럴 리가 없는데 목걸이 때문에 아플지도 모른다는 생각이 들
었다.

설백천은 손을 예야후의 얼굴로 가져갔다. 그의 손가락이
닿자 예야후가 움찔 떨었지만 그 이상의 반응은 보이지 않았
다.

“우리 야후 가면을 썼네.”

손에 닿는 그녀의 감촉은 철가면을 쓰다듬는 것 같았다.

“가르르……”

한 뼘이나 되는 송곳니 사이로 나오는 소리는, 그러나 전혀 무섭지 않았다.

“괜찮아. 아무 일 없었어. 그냥 나쁜 꿈 같은 거야.”

설백천의 모습이 투영된 그녀의 눈 속에서 하얀 빛이 비치는 것 같았다. 아주 조금씩 퍼지는 저 빛은 그녀의 이성이다. 그냥 알 수 있었다.

이대로 설백천이 손만 대고 있으면 그녀는 곧 원래의 예야후로 돌아올 것이다.

“이 괴물!”

타앙!

뭔가가 예야후에게 부딪쳤다. 그녀의 검은 눈썹이 곤두서면서 눈에서 생겨나던 하얀 빛이 자취를 감췄다.

“저 멍청한 새끼!”

예야후 뒤 십오 장 멀리서 왕거붕은 시위에 화살을 걸며 소리쳤다.

“죽어! 죽어버려!”

이성을 잃은 듯한 왕거붕은 소용도 없을 화살을 날리며 미친 듯이 고함을 질러댔다.

"야후야! 괜찮아! 저 인간은 신경 쓰지 말고…!"

갑자기 예야후의 주먹이 날아왔다. 안쪽에서 바깥쪽으로 휘두른 손은 검은 바위 같았다. 너무 가까웠기에 피하기에는 늦어버렸다. 들어 올린 팔뚝을 그녀의 주먹이 때렸다.

"크윽—!"

허공을 훌훌 날아간 설백천은 술집의 창문을 뚫고 탁자 위에 처박혔다. 눈앞이 캄캄했다. 아무 감각도 느껴지지 않았고 잠깐 정신을 잃었던 것 같기도 했다.

그냥 이대로 쉬고 싶었지만 연기 냄새와 점점 뜨거워지는 열기는 휴식을 허락하지 않았다.

"끄응!"

움직이자 비로소 뼈마디가 욱신거렸다. 꽤 단단한 몸인데 예야후의 주먹 한 방에 나가떨어져 끙끙대다니.

겨우 한쪽 무릎을 세우고 일어서려던 설백천은 그저 눈만 부릅뜨고 그대로 정지했다. 시선을 사로잡아 몸을 굳게 만든 건 고설란이었다.

'우리 아들! 꼴이 이게 뭐야!' 라며 당장 달려와 부축을 해 줘야 할 그녀는, 그저 벽에 기대앉아 있었다.

반쯤 떴지만 초점 없는 눈, 벌어진 입을 타고 흐른 피는 말라 버렸다. 고개는 왼쪽으로 조금 넘어갔고 양팔은 힘없이 늘어져 있었다.

"엄마……."

힘겹게 일어선 설백천은 비틀거리는 걸음을 고설란에게 옮겼다. 금방이라도 일어나 '놀랐지?' 하며 하하하! 웃음을 터트릴 것 같은데, 설백천이 지척까지 갈 동안 그녀는 석상 같은 모습 그대로였다.

안다. 고설란이 다시는 움직이지 못할 것이라는 걸. 그녀의 가슴을 뚫고 튀어나온 부러진 탁자의 다리에서는 아직 마르지 않은 피가 설백천의 눈물처럼 뚝뚝 떨어지고 있었다.

"안 돼. 엄마… 죽으면 안 돼……."

설백천은 뭘 어떻게 해야 할지 알 수 없었다. 나무에 가슴이 뚫린 사람을 어떻게 살려야 하지? 분명 살릴 수 있을 것 같은데, 고설란은 이렇게 죽을 사람이 아닌데.

근거 없는 믿음은 현실을 부정하게 만들었지만, 그가 어찌 손쓸 수 없는 것이 또한 현실이었다.

일단 저 가슴에서 나무를 빼내야 한다. 덜덜 떨리는 설백천의 손이 나무를 잡았다. 아직 마르지 않은 고설란의 피는 깜짝 놀랄 정도로 차가웠다.

힘을 주자 나무는 빠지지 않고 그녀의 몸만 들썩였다. 고설란이 탁자를 기대고 앉아 있었다.

"엄마 조금만 참아."

설백천은 고설란의 겨드랑이 사이로 손을 집어넣어 그녀

를 당겼다. 이번에는 탁자가 함께 딸려왔다. 발로 탁자를 밀고 다시 당기자 그녀가 딸려왔다.

탁자 다리가 몸에서 빠지며 나는 그 소리, 손에 느껴지는 뻑뻑한 감촉. 고설란의 가슴을 뚫고 나온 나무가 짧아지는 만큼 그녀의 죽음이 현실로 다가왔다.

고설란을 바닥에 눕힌 설백천은 무릎을 꿇고 앉았다. 힘없이 늘어진 그녀는 그동안 숱하게 접했던 여느 시체와 다르지 않았다.

생명이 빠져나간 몸은 경직되고 또 흐느적거린다. 하지만 저 얼굴을 이런 모습으로 보게 될 줄은 몰랐다.

"미안해 엄마."

애초에 그가 떠나지 말았어야 한다. 그냥 족쇄와 수갑을 차고 그녀 곁에 있어야 했다.

"끄윽!"

철이 든 후로 한 번도 울어본 적이 없기에 통곡마저도 서툴렀다. 눈물은 볼을 타고 흐르는데 통곡은 목젖에 막혀 버린 것처럼 시원스레 터지지 않았다.

몸을 앞뒤로 흔들며 답답한 울음을 터트리던 설백천은 뒤늦게 뜨거움을 느끼고 고개를 돌렸다. 식당을 반 넘게 태운 불길이 너울거리면서 다가왔다.

엄마를 잃은 설백천의 슬픔에는 아랑곳하지 않고 불길은

춤을 추고 있었다.

고설란이 타도록 내버려 둘 수는 없었다. 그녀를 안은 설백천은 불길을 피해 식당 밖으로 나왔다. 고설란의 죽음이 지배한 공간을 벗어나자 비로소 새로운 소리가 파고들었다.

뭔가를 때리는 둔탁한 소리와 고함들. 몇몇이 예야후와 싸우고 있었다. 처음 보는 얼굴이었지만, 그들이 누구든 중요하지 않았다.

예야후. 그녀가 고설란을 죽였다. 세상에서 가장 사랑하는 두 여인 중 한 명이 다른 한 명을 죽여 버렸다.

식당을 모두 태운 불길보다 더 뜨거운 분노가 설백천을 휘감았다.

그래서는 안 되는 거였다. 예야후. 아무리 이성을 잃었어도, 그 주먹으로 나를 때렸어도 엄마를 저렇게 죽여서는 안 되는 거였다.

"예야후—!"

그녀의 이름은 채 지르지 못한 통곡이었다. 고설란을 바닥에 내려놓고 미친 듯이 뛰어간 설백천은 예야후의 목에 매달려 그녀의 머리로 주먹을 날렸다.

"네가 어떻게 내 엄마를 죽일 수가 있어! 어떻게! 어떻게!"

말을 하는 동안 세 번의 주먹질을 한 설백천을, 예야후는 잡아서 던져 버렸다. 어지럽게 돌아가는 세상 속에서 예야후의 검은 몸뚱이가 나타났다 사라지기를 반복했다.

거칠게 바닥을 뒹군 설백천은 벌떡 일어섰다. 분노가 이성을 앞지르고 있지만 고통까지 못 느끼게 하지는 않았다.

전신의 뼈가 부러진 것 같은 통증은 현실의 실타래를 풀어 그의 이성을 묶어주었다.

비로소 예야후와 싸우고 있는 자들이 눈에 들어왔다. 한 번도 본 적이 없는 여섯 명의 사내였다. 오늘 악인도에 죄수가 오지 않았으니 저들은 난파를 당했거나 일부러 들어왔다는 뜻이다. 차림새를 보아하니 후자에 더 심중이 갔다.

일부러 악인도에 들어오는 사람이 있다니. 다른 날 같으면 마음껏 웃어줬겠지만 그건 다음으로 미뤄야 한다.

제법 몸놀림이 빠르고 내지르는 권각은 힘이 있었다. 그러나 도검으로도 상처를 낼 수 없는데 주먹질 정도는 가렵지도 않을 것이다.

'어떻게 죽이지?'

그녀를 죽인다는 생각에 스스로 깜짝 놀랐다. 그리고 울컥 눈물이 날 것 같았다.

예야후를 죽여야 하다니. 비현실적인 상황에 살이 떨렸다.

하지만 죽여야 한다. 다른 사람도 아니고 고설란을 살해했다. 상대가 예야후라는 게 더할 수 없는 비극이지만, 그 끝을 알면서도 가야만 하는 길이다.

"크윽!"

예야후를 공격하던 여섯 명 중 하나가 예야후의 손에 맞고 이 장이나 멀리 튕겨 나갔다. 땅을 한참 구른 후에 멈춘 사내는 벌떡 일어났지만 곧 다시 쓰러졌다.

다시 움직임이 없는 것으로 보아 죽은 것 같기도 했다. 이대로 시간이 흐르면 죽음은 그 하나로 끝나지 않을 것이다.

그들로서는 예야후를 상대할 방법이 없었다. 그런 설백천의 뇌리에 예야후와 싸울 수 있는 유일한 존재가 떠올랐다. 설백천은 근처에 떨어져 있는 창을 주우며 소리쳤다.

"모두 괴물을 이쪽으로 유인해!"

차마 그들에게 예야후의 이름을 알려줄 수가 없었다. 설백천의 외침은 공허하게 흩어졌다. 아무도 귀 기울이지 않고 헛된 몸짓만 보이고 있었다.

그러다 두 명이 동시에 머리가 깨져 죽었다.

"멍청이들아! 너희가 죽일 수 있는 상대가 아니잖아!"

그제야 싸우던 사내들의 시선이 하나둘 설백천에게 모아졌다.

"모두 나를 따라와!"

설백천은 창을 예야후에게 던졌다. 허공을 격한 창은 예야후의 뒤통수에 맞았다. 그녀는 뭔가가 건드리면 절대 참지 못하는 모양이다.

돌아선 그녀의 검은 시선이 설백천에게 꽂혔다.

"괴물아! 날 잡아봐라!"

설백천이 숲을 향해 몸을 날렸고 싸우던 사내들도 설백천의 뒤를 쫓았다. 딱히 설백천을 믿는다기보다는 그들에게도 선택의 여지가 없었다. 예야후는 괴물의 외형에 어울리는 괴성을 지르며 그들을 쫓아왔다.

그들은 밤의 가장 깊은 곳보다 어두운 숲을 질주했다. 거대한 예야후는 걸리는 것을 모두 부숴 버리며 그들을 바짝 쫓았다.

"어디로 가는 것이냐!"

인상이 유난히 날카롭게 생긴 사내가 바짝 따라붙으며 물었다.

"괴물은 괴물이 상대해야지!"

설백천이 생각하는 건 흑강악어였다. 흑강악어 정도가 되어야 그나마 예야후를 상대할 수 있었다. 어쩌면 예야후는 흑강악어의 날카로운 이빨에 갈기갈기 찢겨질지도 모른다.

그럼 이 걸음은 그녀의 죽음을 향한 질주가 된다. 의도와 생각이 모두 명확한데 다리가 뻣뻣해지는 느낌이었다.

예야후를 죽이는 게 스스로 죽는 것보다 싫다는 걸 머리보다 몸이 먼저 알고 있었다.

그러나 운명의 수레바퀴는 구르기 시작했고 그와 그녀 중

한 명은 죽어야 멈춘다.

우지끈! 콰앙!

나무가 쓰러지면서 날린 자잘한 돌멩이들이 뒤통수를 때렸다.

"으악—!"

경공이 부족해 뒤로 처진 삼십대 중반의 사내가 예야후의 손에 걸려 날아갔다. 언뜻 사라지는 사내는 두 개였다. 허리가 잘린 것 같았다.

고개를 돌려 확인한 예야후는 불과 오 장의 거리밖에 떨어지지 않았다.

"모두 장애물을 조심해라!"

설백천과 어깨를 나란히 하고 달리는 사내가 소리쳤다. 적절한 충고였다. 일 장 앞도 확인하기 힘든 짙은 어둠이다. 쫓아오는 예야후만 신경 쓰다가 뾰족한 나뭇가지에 목이 뚫리면 그 이상 허무한 죽음은 없을 것이다.

일각쯤 더 달렸을 때 또 하나의 비명이 들렸다. 길게 울린 비명은 설백천의 머리 위를 지나 전면의 나무에 부딪치고서야 멈췄다.

배가 터지고 내장이 튀어나온 사내는 더 이상 인간의 형상이 아니었다. 설백천은 시체를 뛰어넘으며 다시 한 번 예야후를 확인했다.

성큼성큼 질주하는 예야후가 어깨로 아름드리나무를 쳐서 넘어뜨리는 것이 보였다. 막아서는 모든 것을 적이라도 되는 것처럼 부숴 버렸다.

예야후에게 맞은 때문인지 숨이 금방 차올랐다. 흑강악어가 사는 늪까지 어느 정도 남았는지 감을 잡을 수가 없었다.

꺄아악—! 꺅! 꺅!

밤잠을 깬 원숭이들이 신경질적인 울음을 토해냈고, 부엉이들은 소스라치게 놀라 부지런히 날갯짓을 했다. 예야후와 싸우던 사내들은 용케 설백천을 잃어버리지 않고 쫓아왔다.

"얼마나 더 가야… 하는 것이냐?"

말이 끊기는 것이 사내도 지친 모양이다.

"다 와갈 거야!"

"너도 정확히… 모른단 말이냐?"

"힘드니까… 말 시키지 마!"

바로 옆으로 넘어진 나무 때문에 좌측으로 펄쩍 뛴 설백천의 귀에 또 하나의 비명이 파고들었다. 뒤로 처져서 예야후의 손에 죽은 그들은 아직 설백천이 살아 있는 이유였다. 그들이 죽음으로 시간을 끌지 않았으면 여기까지 오기도 전에 그녀에게 잡혔을 것이다.

'거의 온 것 같은데.'

거리를 계산하지 않고 무작정 달렸기 때문에 가늠하기가

힘들었다. 오래전에 넘어져 썩어가는 나무를 뛰어넘을 때 우측에서 비명이 들렸다. 그곳은 예야후가 쫓아오는 방향이 아니었다.

설백천은 비명이 들린 방향으로 몸을 틀었다. 대략 십 장쯤 이동한 설백천은 급히 걸음을 멈췄다.

그르르르…….

위협적인 소리를 토해내는 그것은 흑강악어였다. 녀석의 입속에는 아직도 살아서 비명을 지르는 사내가 매달려 있었다.

하지만 얼마 가지 않아 사내의 모습은 비명과 함께 흑강악어의 입속으로 사라졌다.

우지직! 콰앙!

두 개의 나무가 쓰러지며 달빛 아래 예야후가 모습을 드러냈다. 걸리는 모든 것을 파괴하며 달려오던 그녀의 걸음이 멎었다.

검은색으로 번들거리는 예야후의 시선은 멈춘 순간부터 흑강악어에게서 떨어지지 않았다. 그녀는 본능적으로 강한 적을 알아봤다.

그래서 한낱 인간은 더 이상 예야후의 관심을 끌지 못했다. 흑강악어 또한 예야후의 출현에 잔뜩 몸을 웅크렸다.

두 괴물은 꼼짝도 하지 않고 서로를 노려봤다. 이제 설백천이 할 수 있는 일은 다 했다. 그는 대치하고 있는 예야후와 흑강악어를 앞에 두고 천천히 뒷걸음질을 쳤다.

"네가 노린 게 저것이었냐?"

바로 등 뒤에서 들린 소리에 하마터면 주먹이 나갈 뻔했다. 시종 그와 어깨를 나란히 하고 달리던 인상이 날카로운 사내와, 반대로 온화한 얼굴에 보기 좋은 수염을 기른 중년인 둘이 있었다.

설백천은 예야후와 흑강악어를 살피며 두 사람에게 손짓을 했다.

"조용히 하고 숨어 있어."

그들은 이끼가 잔뜩 낀 커다란 바위 뒤쪽으로 자리를 옮겼다. 나뭇잎을 뚫고 들어온 희미한 달빛이 두 괴물을 비추고 있었다.

"대체 저것들은 뭐냐?"

날카로운 인상 사내의 물음에 설백천은 물음으로 답했다.

"당신들은 뭐야?"

"어린놈이 어른한테……."

청수한 중년인이 발끈하는 사내를 제지한 후 말했다.

"우린 일이 있어 악인도에 들어온 사람들이네."

"악인도에 볼일이 뭐가 있다고?"

"우린 청수권문이라는 문파의 사람으로 유재영이라는 자

를 잡으러 왔네. 난 문에서 청룡당을 맡고 있는 문일석이고 이 사람은 주작당주 장백항이네.”

유재영에게 무슨 사연이 있을 거라는 건 짐작하고 있었지만, 설백천의 예상보다 훨씬 복잡한 모양이다. 하긴 지금은 유재영의 사정 따위야 아무래도 좋았다.

“난 설백천이라고 해. 그리고 저 둘은…….”

고개를 돌려 예야후를 보자 뭐라 말을 할 수가 없었다.

“그냥 당신들은 오지 말아야 할 곳에 온 거야.”

크아앙!

예야후가 예의 그 듣기 싫은 포효를 터트리며 흑강악어에게 달려들었다. 흑강악어도 입을 쩍 벌리고 예야후를 맞았다. 그녀의 주먹이 입을 잔뜩 벌린 흑강악어의 콧등을 내리쳤다.

비명 같은 소리를 지른 흑강악어는 머리를 움직여 예야후의 다리를 걸었다. 크게 넘어진 그녀 위로 흑강악어의 턱이 떨어졌다.

쿵! 쿵!

그들이 있는 곳까지 진동이 느껴졌다. 예야후는 흑강악어의 주둥이를 팔로 잡고 몸을 일으켰다. 하지만 흑강악어가 머리를 세차게 털자 그 힘에 못 이겨 뒤로 날아갔다. 입을 쩍 벌린 흑강악어가 그런 예야후를 쫓았다.

설백천은 자신도 모르게 엉덩이를 들었다. 자제력이 조금만 부족했으면 예야후를 돕기 위해 뛰쳐나갔을 것이다.

예야후를 흑강악어에게 데려오기는 했지만, 그녀가 흑강악어에게 죽으면 많이 아플 것 같았다. 함정에 빠트려 놓고 그것을 안타까워하는 지랄 같은 현실이었다.

네 그루의 나무를 넘어뜨리면서 내동댕이쳐진 예야후를 흑강악어가 물었다.

그녀의 입에서 비명 같은 소리가 터져 나왔다. 흑강악어의 입에 물린 그녀는 주먹으로 콧등을 내리치다가 팔을 뻗어 눈을 목표로 삼았다.

아무리 흑강악어라도 눈까지 돌처럼 단단할 수는 없었다. 고통 때문에 입이 벌어지자 예야후가 빠져나왔다. 흑강악어의 이빨자국이 선명하게 나 있었지만 피는 보이지 않았다.

지독하게 단단한 예야후와 흑강악어가 만났으니 싸움은 쉽게 끝날 것 같지 않았다.

어쨌든 하나는 죽고 하나는 살아남게 될 것이다. 그리고 누가 살아남든 약해진 녀석을 처치하면 된다.

"여기 있어. 마을에 갔다 올 테니까."

"마을에는 왜?"

"가져올 게 있어."

두 사람을 남겨둔 설백천은 마을을 향해 뛰었다. 마을에 용건이 있기도 했지만 예야후와 흑강악어의 싸움을 보기가 싫었다.

예야후를 유인할 때는 몰랐는데 꽤나 먼 길이었다. 걸음을 서둘렀는데도 반 시진이 훌쩍 넘게 걸려서야 마을에 도착했다. 어쩌면 싸움이 벌써 끝났을지도 모른다.

설백천은 마을 끝에 있는 기름 창고로 갔다. 등이나 홰를 밝힐 때 쓸 기름을 모아놓은 곳이었다. 양쪽 옆구리에 나무로 만든 통 두 개를 끼고 나오다 유재영과 마주쳤다.

퉁퉁 부은 얼굴에 찢어져서 피를 보이는 상처도 여러 개다. 상처의 형태로 보아 예야후와 싸우다가 얻은 것은 아니었다.

"백천아! 어머니는 찾았느냐?"

누군가 묻는 그녀의 안부가 칼날이 되어 가슴을 후벼팠다. 굵은 침을 세 번이나 삼키고 나서야 대답이 나왔다.

"죽었어."

"뭐? 정말이냐? 정말 그녀가……."

"죽었다니까! 야후가 엄마를 죽였어!"

눈치 빠른 유재영은 야후가 누군지 묻지 않았다.

"기름통이나 들고 따라와!"

"기름통은 왜?"

"가면서 설명해 줄게."

유재영은 설백천처럼 두 개의 통을 들고 순순히 뒤를 따랐다. 설백천은 유재영에게 예야후가 흑강악어와 싸우고 있다는 사실을 알려줬다. 그리고 그녀가 누구인지 왜 그렇게 변했는지를 설명했다.

물론 보지 않아서 모든 것을 설명할 수는 없었다. 하지만 유재영도 큰 그림은 그릴 수 있었다. 얘기를 끝낸 후 한참 동안 침묵을 지키던 유재영이 물었다.

"넌… 괜찮은 거냐?"

괜찮다고 말하고 싶었지만, 그 거짓말조차 뱉기 힘들었다.

"몰라."

할 말은 고작 그것뿐이었다. 예야후가 싸우는 곳까지 가는 설백천의 걸음은 초조했다. 왕복에 한 시진 반을 썼으니 아마 지금쯤 싸움이 끝났을 것이다.

서로 싸워 하나는 죽고 상처 입은 하나를 불로 태워 죽일 계획인데, 시간이 너무 끌려 살아남은 쪽이 회복을 해버리면 다시 안 올 호기를 날려 버리는 꼴이 된다.

"거기에 있는 자들이 문일석과 장백항이라고 했느냐?"

"아는 자들이야?"

"한때는 피를 나눈 형제처럼 친했었지."

씁쓸한 어조로 시작된 얘기는 꽤나 길게 이어졌다. 숨이 차서인지 회한(悔恨) 때문인지 간혹 목소리가 떨리기도 했다. 어쨌든 한 가지는 확실했다.

"욕심이 화를 불렀군."

“그때 뭐가 쓰인 거지. 하지만 이렇게 된 이상 내 인생과 바꾼 무형권을 포기할 수는 없다.”

“마지막 비무 때 날 이겼던 그 권법이 무형권이야?”

“기초만 닦은 정도지.”

“겨우 기초가 평생 익힌 본인의 무공보다 높단 말이야? 대단한 무공인가 보군.”

“천하제일권을 넘어 천하제일인이 될 수도 있는 무공이다. 당연히 상상을 뛰어넘는 위력을 가지고 있지.”

설백천의 무공의 욕심은 살기 위해서, 비굴해지지 않기 위한 어쩔 수 없는 선택이다. 그래서 유재영에게 듣는 천하제일권이니 천하제일인이니 하는 말들은 실감이 나지 않았다.

“거의 다 왔는데…….”

싸우는 소리가 들리지 않는다는 건 이미 끝났다는 걸 의미했다. 수풀을 헤치고 간 설백천은 걸음을 멈췄다. 그곳은 그가 기름을 가지러 떠났을 때와는 전혀 다른 풍경으로 변해 있었다.

근 백 장에 이르는 숲이 초토화된 상태였다. 나무들은 부러지고 깨졌으며 땅은 뒤집혀 황토색의 속살을 뱉어놓았다.

“대체 이건…!”

유재영도 말을 잇지 못했다. 설백천은 어지러이 흩어져 있는 나무들을 넘어 더 안쪽으로 들어갔다. 싸움이 끝났으면 승자가 결정되었을 터, 그게 어느 쪽인지 확인해야 했다.

희미한 달빛에 의지해 일일이 나무 사이를 확인하면서 앞으로 나아갔다. 이렇게 현장을 뒤지다가는 날이 샐 것 같았다. 그래도 설백천은 꼼꼼하게 살폈다. 내심 승자가 예야후이길 바라는 건 마음대로 할 수 없는 그의 감정이었다. 그의 손으로 그녀를 죽여야 한다는 미래의 사실을 직시하더라도 어쩔 수 없었다.

한참을 뒤지던 설백천은 부서진 숲의 가장자리에서 주검을 발견했다. 입에서부터 등까지 길게 찢겨진 그것은 흑강악어였다. 칼조차 파고들지 못하는 녀석의 입을 꼬리 부근까지 찢어발긴 예야후의 힘에 절로 몸서리가 쳐졌다.

"결국 그녀가 이겼구나."

"그리고 그런 그녀를 우리가 죽여야지."

몸을 돌리려던 설백천은 흑강악어의 시체에서 삐죽 튀어나온 것에 시선을 고정시켰다. 가죽이 찢어지면서 튀어나온 긴 등뼈였다. 부러진 뼈 사이에서 황토색에 가까운 척수가 흘러나오고 있었다.

설백천은 뼈에 입을 대고 척수를 빨아먹기 시작했다. 비릿한 피 냄새가 섞인 척수는 광야귀의 것과 비슷한 맛이었지만, 뭔가 쏘는 느낌이 강했다. 식도가 따끔거리는 게 개미 떼가 식도를 물어뜯는 것 같았다.

그럼에도 설백천은 먹을 수 있는 척수는 모두 먹어치웠다. 양이 많아 입을 뗐을 때 트림까지 나왔다.

"그걸 왜 먹는 것이냐?"

비위가 상한 듯 유재영의 인상은 잔뜩 찡그려져 있었다.

"어릴 때 야귀를 잡은 광야귀가, 야귀의 척수를 빨아먹는 걸 본 적이 있거든. 척수를 먹은 광야귀가 더 강해진 것 같더라고."

"확실치도 않은 그 이유 때문에 척수를 먹는단 말이냐?"

"그 덕분인지 몰라도 아직 감기 한 번 안 걸렸어. 힘도 월등히 세지고."

유재영은 고개를 절레절레 흔들었다. 다시 기름통을 든 설백천은 예야후의 흔적을 살폈다.

"그런데 문일석과 장백항이 안 보이는구나."

"쫓아가고 있거나 쫓기고 있겠지. 이쪽이야."

"아니면 죽었거나."

유재영의 목소리에는 희망이 담겨 있었다.

예야후가 지난 길에는 어김없이 요란한 흔적이 남아 찾기가 쉬웠다. 그녀를 추적하는 동안 더 이상의 시체는 보이지 않았다.

길게 이어진 흔적을 따라 밀림을 나오자 해풍(海風)이 느껴졌다. 숲을 나와 키 작은 잡초가 난 곳을 조금 지나면 바위로 덮인 것이 나온다. 흑회색의 바위는 바다와 만나는 절벽을 이루고 있었다.

바위로 발을 내딛자 전면에서 싸우는 소리가 들렸다. 사람의 기합성과 예야후의 것이 분명한 으르렁거림이 섞여서 나왔다. 설백천은 서둘러 바위를 올라갔다. 아래로 이 장 높이 턱이 있었고 그 아래 꽤나 넓은 공터가 자리했다. 싸움은 그곳에서 이루어지고 있었다.

예야후와 싸우고 있는 자들은 문일석과 장백항이었다. 싸움이라고 할 것도 없이 예야후가 공격하면 피하기에 바빴다. 그나마 다행이라면 예야후의 몸이 정상이 아니라는 것이다.

온몸에 난 상처에서 붉은 피를 뚝뚝 흘리고 있었다. 무척이나 아픈 모양, 움직일 때마다 인상을 찡그렸다.

"횃불을 만들 나뭇가지를 구해오마."

유재영이 돌아올 때까지 설백천은 이리저리 뛰는 예야후를 물끄러미 보고 있었다. 저러다 갑자기 인간으로 돌아오면 어떻게 될까? 그래도 그녀를 죽이려고 할 수 있을까?

지금 저 모습에서 예야후를 느낄 수 있는 건 오직 그가 준 목걸이뿐이었다. 그 격렬했을 싸움에도 용케 목걸이는 걸려 있었다.

나뭇가지를 가지고 온 유재영은 옷을 찢어 가지 끝에 둘둘

말았다. 그런 후 기름을 부어 부싯돌로 불을 붙였다.

"가자."

유재영의 말에 설백천은 발이 떨어지지 않았다. 이전의 싸움은 예야후를 해칠 수 없다는 걸 알았고, 흑강악어에게 유인할 때도 최소한 그가 직접 죽이지는 않았기에 쉽게 행동으로 옮길 수 있었다.

하지만 이젠 예야후에게 불을 붙여 태워 죽여야 한다. 그의 손으로.

"여기 있을 테냐?"

큰 숨을 들이쉰 설백천은 벌떡 일어섰다.

"아니! 가야지!"

그는 기름통을 들고 뛰어내렸다.

바닥은 예야후의 발길에 여기저기가 파여 있었다. 횃불을 든 때문에 그들의 출현은 쉽게 눈에 띄었다.

"어딜 갔다 온 것이냐?"

장백항이 매서운 눈으로 쏘아보며 소리쳤다. 왼쪽 어깨가 덜렁거리는 것으로 보아 탈골이라도 된 모양이다. 문일석도 옆구리가 길게 찢어져 피를 흘리고 있었다.

설백천은 대꾸도 없이 예야후를 향해 뛰어갔다. 그녀도 새로운 적에게로 거리를 좁혔다. 설백천은 오른쪽 옆구리에 있던 기름통을 예야후에게 던졌다.

그녀가 통을 쳐내자 허공에 뿌려진 기름이 몸에 끼얹어졌다. 번들거리는 기름은 그녀의 검은 피부를 더욱 검게 보이게 만들었다. 설백천은 휘두르는 그녀의 손을 피해 바닥을 미끄러져 가랑이 사이로 빠져나갔다. 그리고 나머지 하나의 통을 예야후의 등에 던졌다.

힘을 실은 통은 등에 부딪치며 산산조각으로 부서져 연갈색의 기름을 쏟아냈다.

"붙여!"

그의 외침이 끝나자마자 횃불이 허공을 날았다. 예야후는 그저 짐승의 본능으로 횃불을 향해 팔을 휘둘렀다. 횃불이 손바닥에 닿자 순식간에 불꽃이 일었다. 손에서 시작된 불은 팔을 타고 어깨와 가슴, 등으로 번졌다.

"끄아악―!"

예야후는 괴성을 지르며 몸에 붙은 불을 끄기 위해 몸부림을 쳤다. 그런 그녀를 향해 유재영이 나머지 기름통을 던졌다.

퍼엉! 하는 소리와 함께 불꽃이 일었다. 그녀는 몸부림치며 타올랐다. 설백천은 주먹을 꼭 쥐고 타는 그녀를 보고만 있었다.

"몸에 묻은 기름이 다 타면 불이 꺼질 거야! 녀석을 바다로 던져 버려야 해!"

유재영의 외침에 설백천은 퍼뜩 정신을 차렸다. 아무것도 입지 않은 예야후이니 기름 외에 탈 것이 없었다. 칼조차 들어가지 않는 단단한 피부가 기름과 함께 탈 것 같지는 않았다. 지금은 그저 놀라고 뜨거워서 몸부림치고 있을 뿐 불이 꺼지면 그들을 향해, 모아놓은 분노를 터트릴 것이다.

"모두 가만히 있어. 내가 해결할 테니까."

설백천은 옷을 벗어 팔에 둘렀다. 예야후를 때려서 바다에 빠트린다는 건 힘들었다. 설백천은 몸부림치는 그녀에게 뛰어가 불꽃이 타오르는 무릎을 밟고 도약했다. 예야후의 얼굴 위까지 뛰어오른 후 주먹으로 관자놀이를 때렸다.

불이 주먹에 감긴 옷에 잠깐 옮겨 붙었다가 꺼졌다. 예야후는 설백천을 향해 팔을 휘둘렀지만 이미 땅에 떨어진 후였다.

몸을 굴려 발길질까지 피한 설백천은 오금을 한 번 더 걸어 찼다. 뜨거움에 몸부림치면서도 예야후는 설백천을 쫓았다. 설백천은 그녀의 손발을 피하면서 벼랑 끝을 향해 뒷걸음질 쳤다.

그녀를 유인하는 건 자칫 자신조차 바다에 빠질 수 있는 위험을 내포하고 있었다.

예야후는 불을 향해 달려드는 나방처럼 설백천을 공격하는 데 온 신경을 기울이고 있었다. 설백천은 예야후의 공격을 피하면서 절벽과의 거리를 가늠했다. 이제 고작 오 장 정도밖에 남지 않았다.

설백천은 뒷걸음치는 속도를 빨리했다. 예야후의 몸에 묻은 기름이 거의 타들어가 불이 꺼져가고 있었다.

쿵!

발을 피해 몸을 날린 설백천은 달려들어 예야후의 발가락을 뒤꿈치로 찍었다. 아무리 몸이 단단해도 약한 곳은 있게 마련이다. 예야후의 입에서 성난 포효가 터졌다. 그냥 무작정 물러나는 건 예야후의 시야를 넓혀줄 수 있으니 중간에 적당히 건드려 줘야 한다.

절벽과의 거리는 점점 가까워졌다. 파도가 절벽을 때리는 소리가 점점 크게 들렸다. 절벽의 높이는 어림잡아 백 장은 될 정도로 높았다.

격류가 아니더라도 떨어지면 죽을 수밖에 없는 높이였다. 물러서는 설백천을 바람이 핥고 지나가며 서늘함을 안겨주었다.

발뒤꿈치가 절벽과 불과 한 자 정도밖에 남지 않았을 때 설백천은 예야후의 얼굴을 보았다. 잔뜩 찡그린 그녀의 얼굴 뒤로 하얗게 탈색된 둥근 달이 떠 있었다.

보름달이다.

물속에서 발광어와 함께 헤엄을 치며 보내야 할 시간에, 그

녀는 그를, 그는 그녀를 죽이려 하고 있었다. 예야후의 양손
이 머리 위로 떨어졌다. 설백천은 몸을 뒤로 훌쩍 날렸다.

벼랑의 모서리가 발끝을 스치고 지나갔다. 그의 발은 땅을
딛지 못하고 벼랑 아래로 떨어졌다. 그를 쫓아 예야후가 몸을
날리는 것이 보였다.

설백천은 팔을 쭉 뻗어서 절벽의 모서리를 잡았다. 함께 몸
을 날린 예야후는 하지만 절벽 아래로 떨어지지 않았다.

쿵!

절벽의 바로 앞, 설백천의 손가락 끝에 양쪽 발을 디뎠다.

"크르르르……."

예야후는 상체를 숙여 절벽에 매달린 설백천을 내려다봤
다. 검은 눈에 설백천의 절박한 모습이 비쳤다. 예야후가 절
벽을 인지한 이상 계획은 수포로 돌아갔다. 그녀의 몸에 붙었
던 불도 꺼져서 수증기 같은 연기만을 피워 올리고 있었다.

설백천은 굳이 위로 올라가려 하지 않았다. 올라가 봐야 어
차피 죽음을 피할 수 없었다.

"그래. 예야후. 네가 이겼다."

그녀는 팔을 뻗어 설백천을 잡아왔다. 윤기 나는 검은 손톱
이 얼음처럼 차갑게 등을 파고들었다. 예야후의 긴 손톱을 감
당하기에는 설백천의 피부가 너무 여렸다. 등이 찢기는 고통
이 생생하게 전해졌다.

"끄으윽—!"

손톱은 살을 파고들어 척추에 닿았다. 이제 잠시 후면 그의 몸은 반으로 찢어질 것이다. 그런데 예야후는 더 이상 손을 밀어 넣지 않고 그 상태로 설백천을 들었다.

절벽 끝을 잡고 끌려가지 않으려 버둥거려 봤지만 그가 어찌할 수 없는 힘이었다. 설백천의 몸이 허공에 매달렸다. 살이 찢어지고 뼈가 으스러지는 듯한 고통 때문에 절로 비명이 터졌다.

"예야후! 그냥 죽여라!"

갑자기 그녀의 얼굴이 가까워졌다. 그를 먹으려고 하는 줄 알았다.

쿵!

그녀의 왼쪽 발뒤꿈치가 절벽 끝에 위태롭게 걸렸다. 예야후는 몸을 펴려고 했지만 둔탁한 소리가 울리더니 위태롭게 걸려 있던 발이 쭉 미끄러졌다.

중심이 앞으로 쏠린 상태에서 한쪽 발이 절벽 밖으로 나갔으니 제아무리 예야후라도 추락을 막을 수는 없었다. 세상이 빙글 돌아가더니 낙하의 느낌이 찾아왔다.

"으아아아—!"

설백천의 긴 비명과 예야후의 포효가 어우러지며 밤공기를 갈기갈기 찢었다. 결국 그들은 이렇게 함께 죽는 운명이었던 모양이다.

그런데 어느 순간 위쪽으로 맹렬하게 올라가던 세상이 뚝 멎었다. 추락은 멈추었고 그들은 아직 바다에 빠지지 않았다. 하지만 갑자기 멈추는 바람에 손톱에 걸려 있던 설백천의 등가죽이 쭈욱 찢어졌다.

견갑골에 손톱이 걸리지 않았다면 설백천 홀로 바다에 빠졌을 것이다.

“이런… 빌어먹을…!”

손톱이 등을 잡고 있었기 때문에 어떻게 할 수가 없었다. 설백천은 억지로 정신을 집중해서 주위를 살폈다. 손을 뻗으면 닿을 듯 가까운 거리에 절벽이 있었다. 고개를 들자 예야후가 한쪽 팔로 절벽의 튀어나온 바위를 잡고 있는 게 보였다.

예야후는 무슨 생각을 하는지 움직이지 않고 매달려 있기만 했다. 발밑에서 파도가 절벽을 때리는 굉음이 들렸다. 지옥의 입구에서 저승사자가 그의 이름을 부르는 것 같았다.

몸이 위로 올라가는 게 느껴졌다. 예야후는 본능적으로 손을 뻗어 바위를 잡으려는 것 같았다. 그렇게 되면 설백천은 바위와 예야후의 손 사이에 끼어 으스러져 버릴 것이다. 바다에 떨어지는 것보다 더 마음에 안 드는 죽음이다.

몸이 올라가는 느낌만 있을 뿐 이제는 고통조차 느껴지지

않았다. 설백천이 올라서기에도 충분한 공간의 턱이 눈앞을
스치고 지나갔다. 예야후는 아마 저것을 잡을 것이다. 설백천
은 이를 악물고 죽음을 각오했다.

그런데 생각했던 것보다 더 올라가더니 발이 그 턱에 닿았
다. 몸이 밀려 중심으로 앞으로 향하게 하더니 손톱이 조심스
럽게 빠졌다.

턱에 올라선 설백천은 고개를 돌려 예야후를 보았다. 외모
는 그대로였다. 하지만 그녀의 눈, 온통 검었던 그 눈에 흰자
위가 나타났고 반짝이는 그녀의 눈이 그를 보고 있었다.

그와 그녀의 죽음에 순간 예야후는 비로소 제정신으로 돌
아왔다.

"야후야……."

그녀의 눈에 물기가 가득했다. 눈물을 흘리려는 것 같은데
그저 물빛만이 흔들릴 뿐이었다. 예야후는 그렇게 반짝이는
눈으로 잠시 설백천을 응시하더니 손을 목으로 가져갔다.

툭!

손톱에 걸린 목걸이가 설백천에게 다가왔다. 달빛을 받은
목걸이가 눈앞에서 반짝였다. 예야후가 목걸이를 건넸지만
설백천은 받을 수가 없었다. 저 목걸이를 받는 순간 이별이
찾아오리라는 걸 알기 때문이다.

"크으……."

그녀는 인간의 말을 뱉지 못했다. 하지만 짧은 그 신음 같은 소리가 절박함이라는 건 가슴으로 알 수 있었다. 설백천은 부들부들 떨리는 손으로 목걸이를 받았다.

동그란 보석이 손바닥에 놓이고 금으로 된 줄이 아래로 쳐졌다. 다시 한 번 그녀의 입에서 가슴속의 울림이 삐져나왔다. 미안하다고 말하는 것 같았다.

그리고 다시는 그녀의 아름다운 목소리를 들을 수 없었다. 그녀는 추락했다. 밤의 어둠보다 검은 몸뚱이는 한없이 작아지고 작아지더니, 절벽에 부딪친 바다의 거품 속으로 사라졌다.

그녀는 그렇게 죽었다.

절벽 턱에서 한참 동안 바다를 내려다본 것은 '혹시나' 하는 마음 때문이었을 것이다. 비로소 그녀의 죽음을 인정하고 난 후에는 어떻게 절벽 위로 올라왔는지 기억나지 않았다.

그저 손과 발을 움직였을 뿐이고 바다에 떨어져도 상관없다는 마음이었다. 절벽 끝에 거의 다다랐을 때 유재영이 손을 내밀어 그를 끌어올려 주었다.

땅으로 올라와 무릎을 꿇은 설백천의 앞에는 거대한 통나무가 놓여 있었다. 예야후가 절벽에서 떨어진 건 세 사람이 통나무로 밀었기 때문이었다.

"괜찮으냐?"

설백천은 물음에 대답하지 않았다. 일어선 그는 밀림을 향해 느린 걸음을 옮겼다. 등에서 흐른 피는 바지를 흠뻑 적시고 걸음걸음마다 핏자국을 수놓았다.

그래도 설백천은 밀림의 밤으로 스며들었다. 휘적휘적 걷는 걸음에 풀잎이 스치고 나무가 부딪쳤다. 몸의 고통이라도 크면 마음의 상심을 덜 수 있건만, 아무 감각도 없었다. 설백천은 부딪치고 찢기며 밀림을 통과해 마을에 들어섰다.

어느새 동쪽의 하늘은 밝아와 찬란한 빛을 뿌릴 준비를 하고 있었다. 사랑하는 사람을 모두 잃은 설백천에게 육각형의 햇살은 비수처럼 가슴에 꽂혔다.

불은 모두 꺼져 연기만 뿜어내는 화재의 잔재 사이를 파고든 설백천은 주막을 향해 걸음을 옮겼다. 예야후는 포말에 묻었으니 고설란을 땅에 묻을 차례였다.

주막은 모두 타서 주저앉았고 가슴에 구멍이 뚫린 고설란은 설백천이 눕혀놓은 모습 그대로 초라하게 자리해 있었다.

고설란의 얼굴을 쓰다듬으며 마음속으로 그녀를 보낸 설백천은 시체를 안아 들었다. 가벼웠다. 속에 것은 천국으로 가고 텅 빈 가죽만 남은 것 같았다.

그녀를 안고 술집 앞의 공터로 나오는데 사람들이 하나둘 모여들었다. 모두 어딘가에 숨어 있다가 설백천이 온 것을 보고 나온 모양이다.

"그 괴물은 어떻게 됐느냐?"

"죽었어."

천인조의 물음에 나온 대답은 담담했다.

"정말이냐? 정말 죽었어?"

사람들 사이를 비집고 나오며 소리를 친 사람은 왕거붕이었다. 그의 얼굴을 보자 갑자기 분노가 치솟았다. 왕거붕이 고설란을 인질로 잡지만 않았어도, 그녀는 아직 살아 있을지도 모른다.

고설란을 조심스레 땅에 내려놓은 설백천은 왕거붕에게로 다가갔다. 그의 심상찮은 기세를 느낀 왕거붕이 주춤주춤 물러섰다.

"왜… 왜 이러느냐? 네 엄마를 죽인 건 내가 아니야."

발뺌을 한다고 설백천의 분노를 잠재울 수 없었다.

"이… 어 녀석아! 난 악인도의 도주고 넌 아직 열여덟 살이 되지 않아서 내게 덤비지 못해!"

지금에 와서 규율은 아무 의미도 갖지 못했다. 왕거붕은 서둘러 등에서 칼을 빼들었다.

"이제까지 오냐오냐 했더니 도주 알기를 우습게 아는구나!"

설백천의 상처를 보고 싸울 만하다고 생각했는지 모른다. 걸레처럼 너덜너덜해진 등의 상처를 보면 그리 생각할 만했다. 왕거붕은 설백천을 향해 걸음을 내딛으며 칼을 쭉 뻗었다.

휘두르는 게 주가 되는 칼을 사용하면서 이렇게 갑작스런 찌르기 공격은 상대의 허를 파고들기에 효과적이었다. 하지만 설백천은 왕거붕의 무기 종류 따위는 신경 쓰지 않았다. 그저 공격을 피하고 때리는 것이 그가 싸우는 방식이었다.

몸을 살짝 움직여 왼쪽 겨드랑이 사이로 칼을 흘린 설백천은 단숨에 둘 사이의 거리를 좁혔다. 피 묻은 설백천의 주먹이 왕거붕의 얼굴로 향했다.

"헉!"

깜짝 놀란 왕거붕은 뒤로 물러났다. 하지만 이미 탄력이 붙은 설백천을 떨치기에는 턱없이 부족한 속도였다. 첫 번째 주먹은 닿지 않았지만 왼쪽 손은 물러나는 왕거붕의 머리칼을 잡았다.

설백천의 주먹은 왼손으로 고정시켜 놓은 왕거붕의 얼굴을 때렸다. 단 한 번에 코가 주저앉았다. 두 번째는 이빨이 우수수 부서졌다. 그리고 세 번째는 잡혀 있던 머리칼이 통째로 뽑히면서 고개가 뒤로 넘어갔다.

설백천의 주먹은 세 번으로 그치지 않았다. 넘어진 왕거붕의 얼굴에 계속해서 주먹이 떨어졌다. 살은 터지고 눈알은 튀어나와 이미 죽었다는 건 알지만, 그를 움직이는 건 분노였다. 그 분노가 사라지지 않으니 주먹이 멈추지 않았다.

누군가 뒤에서 설백천을 잡았다.

"그만해라! 이미 죽었다!"

"놔! 놓으란 말이야!"

"가서 엄마 묻어야지! 따뜻한 땅속에 묻어드려야지!"

유재영의 그 말이 설백천의 몸부림을 멈추게 만들었다. 왕거붕을 아무리 때린다 한들 분노가 사라질 리 없었다. 세상 어떤 것도 찢어진 그의 가슴을 꿰맬 수 없다는 걸 알고 있었다.

설백천은 털썩 무릎을 꿇었다.

"유 사부. 정말 엄마 죽은 거야?"

돌아보는 유재영의 모습이 뿌옇게 흐려졌다. 다행히 눈물이라도 흘러주었다. 그 눈물이 어쩌면 그의 아픔을 조금이라도 희석시켜 줄지 모른다.

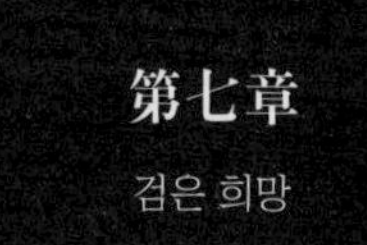

第七章

검은 희망

"멍청이들아! 밧줄을 거기다 묶으면 어떡해! 거기! 돛대 줄을 느슨하게 하란 말이야!"

갑판장 정배도(鄭倍道)는 갑판에 서서 잔소리에 여념이 없었다. 삼십 년을 바다에서 산 그에게는 일 년도 되지 않는 애송이들이 눈에 차지 않았다.

"젠장! 쓸 만하면 뒈져 버리니 해적질 해먹기도 힘들어서 원. 퉤!"

노란 가래침이 방향을 잘못 잡아 그의 가죽신발 위로 떨어졌다.

"이런 빌어먹을! 재수가 없으려니까. 야! 막내 너 이리 와
봐!"

코밑에 솜털이 보송보송한 고비달(高飛達)이 술통을 들고
허겁지겁 뛰어왔다. 이 시간에 술통을 나르는 걸 보면 두목이
또 술에 절어 있는 모양이다.

"소매로 이것 좀 닦아라."

발등을 내밀자 고비달이 인상을 찡그렸다.

"이 새끼가! 어디서 감히 낯짝을 구겨!"

발이 정강이를 때리자 들고 있던 술통이 떨어져 갑판 위를
뒹굴었다. 엄살을 피우는 녀석 엉덩이를 몇 번 차줬더니 발등
에 묻은 가래침이 닦였다.

"어서 가봐!"

고비달을 보낸 정배도는 트집 잡을 것을 찾아 눈을 희번덕
댔다. 그런 그를 왕토명(王土明)이 불렀다.

"부두목님! 바다에 뭔가가 있습니다!"

"저 후레자식이! 갑판장이라고 부르라니까!"

정배도는 배 밖으로 상체를 내놓은 왕토명에게 갔다.

"뭐가 있다는 거야?"

"보기에……."

정배도의 시선이 왕토명의 검지를 따라 이동했다. 배에서
십 장 남짓 떨어진 바다에 떠서 출렁이고 있는 허연 물체는

분명 사람이었다. 사람도 그냥 사람이 아니라 여자였고, 여자
도 그냥 여자가 아니라 벌거벗은 여자였다.

"제 눈이 잘못된 거 아니죠?"

"여자 시체 처음 보냐?"

"하지만 시체 같지 않잖습니까?"

그렇기는 했다. 익사를 하면 보통 퉁퉁 붓고 푸른색으로 물
들게 마련인데 저 여자는 날씬했고 제 살색을 가지고 있었다.

"건져볼까요?"

"시체 들이면 재수 없는데……."

"살아 있을 수도 있잖습니까?"

살아 있는 여자라면 그야말로 횡재였다.

"야! 배 우현으로 돌려봐!"

정배도의 명령이 두 번에 걸쳐 전달되고 배가 천천히 여자
쪽으로 가까워졌다. 둥근 밧줄을 엮은 장대를 가지고 온 왕토
명이 여자의 다리에 밧줄을 걸었다.

장사라고 소문난 녀석답게 왕토명은 별 힘들이지 않고 여
자를 끌어올렸다. 혹시 살아 있을지도 몰라서 조심스럽게 갑
판에 올려놓았다.

정배도는 자신도 모르게 침을 꿀꺽 삼켰다. 죽은 듯이 누워
있는 여자는 불알 밑에 털 난 후로 처음 보는 미인이었다. 조
금 더 기억을 더듬어보니 불알 밑에 털이 나기 전에도 저런

미인을 본 적이 없었다.

"확인해 봐라."

바다에서 여자를 건져냈으니 해적들이 우루루 몰려들었다.

"새끼들아! 가서 너희 할 일들이나 해! 침 흘리지 말고!"

그의 호통에도 서른 명의 사내 녀석은 쉽게 발길을 돌리지 않았다. 정배도가 장대를 집어 몇 번 휘저은 후에야 제자리로 돌려보낼 수 있었다. 그사이 여인의 생사를 확인한 왕토명이 놀란 얼굴로 말했다.

"아직 살아 있습니다."

육지에서 꽤나 떨어져 있는 곳이고 근처에 가장 가까운 섬은 악인도였다. 악인도에서 왔을 리 없으니 난파를 당한 모양이다.

"궂은 날씨도 아닌데……."

"어떻게 할까요?"

'내 방으로 데려가야지!' 라는 말이 목젖까지 올라왔다. 하지만 해적의 위계질서는 군대보다 철저하게 마련이다. 안타까운 한숨이 절로 나왔다.

"두목님께 말씀드려야지."

정배도는 두목 장자방(張子房)에게 사람을 보내고 왕토명이 여자를 데리고 가는 동안 하얀 살결과 얼굴에서 눈을 떼지 못했다.

'아까워라! 아까워!'

턱을 타고 흐른 침이 바닥을 홍건히 적실 정도였다. 여인이 머릿속을 떠나지 않아서 수하들에게 호통치는 것도 잊어버렸다. '혹시 동생도 같이 조난당하지 않았나?' 하는 확률 희박한 기대를 품으며 바다만 쳐다볼 뿐이었다.

'내가 선장이 됐어야 했었어.'

갑자기 나타난 여자가 갑판장이라는 지위를 허무하게 만들어 버렸다. 그가 축 처진 어깨로 돌아설 때였다.

"으아악—!"

배의 중앙 가장 높은 선실에서 비명이 들렸다. 거기는 통째로 장자방의 거처였다.

"잉? 복상사라도 당하는 건가?"

꽈직!

창문이 부서지며 뭔가가 튀어나왔다.

쿵!

육중하게 떨어진 그것은 이미 피떡이 된 장자방의 시체였다. 이어서 부서진 창문을 통해 그 여인이 뛰어내렸다. 이불보로 몸을 감싼 그녀를 본 장자방은 깜짝 놀라서 뒤로 물러섰다.

여인의 피부는 먹물이라도 발라놓은 것처럼 까맣게 물들

어 있었다.

"여기는 어디냐?"

묻는 여인의 음성에는 책을 읽는 것처럼 고저가 없었다.

"네… 네가 두목님을 죽인 것이냐?"

왕토명이 멍청한 질문을 했다. 장자방과 단 둘이 있었고, 지금 모습을 보면 여인이 장자방을 죽인 게 너무도 분명했다.

'하여간 똥인지 된장인지 맛을 봐야 아는 놈들이 있다니까.'

정배도는 되도록 여인에게서 멀찌감치 떨어져 있었다. 장자방을 죽인 것과 저 외모는 여인이 범상치 않다는 걸 증명해 주는 것이다. 해적으로 오래 살아남으려면 무릇 눈치가 빨라야 한다.

하지만 해적이라는 이유로 일단 들이대고 보는 녀석들이 있었다.

"이년! 감히 우리 적룡선(赤龍船)에서 두목님을 죽이다니! 애들아! 쳐라!"

'애들'과 함께 여인을 친 왕토명은 칼 한 번 휘두른 값으로 목숨을 내놓아야 했다. 왕토명의 기세에 얹혀 덩달아 달려들었던 여덟 명도 저승의 바다를 넘었다.

여인은 별로 움직이지도 않았었다. 필요한 만큼만 이동했고 그녀의 주먹이나 손바닥에 한 대씩만 맞았는데도 시체가 쌓였다.

무력의 차이를 보여주는 데는 아홉 명의 죽음으로 충분했다. 배에 탄 해적이 오십 명이었지만 더 이상 죽음을 향해 뛰어드는 멍청이는 없었다.

"난 모산파까지 간다. 날 거기에 데려다다오."

＊　　＊　　＊

고설란의 무덤은 그동안 두 번의 벌초를 했다. 북쪽 같으면 아직 추위가 남아 있을 삼월이었지만 악인도는 밤조차 무더웠다.

고설란이 죽은 후 여섯 달 동안 천인조는 그녀가 그렇게 했듯이, 열흘마다 한 번씩 와서 무덤 앞에 향을 피워놓았다.

고설란의 죽음을 한 번도 생각하지 않았었는데 막상 닥치고 나니 마음 한구석이 허전했다. 아니, 허전하다는 표현으로는 부족하고 텅 빈 것 같은 공허함이 느껴졌다.

어쩌면 그는 그녀를 사랑하고 있었는지도 모른다. 표현하지 않았고 인정하지도 않았지만, 그녀가 없는 악인도는 쓸쓸하고 슬펐다.

홀로 술을 따라 그녀의 무덤에 건배하는 시늉을 하고 술을 넘기는데 뒤에서 인기척이 들렸다. 고개를 돌리자 유재영이 보였다. 이곳에서 마주친 게 네 번째이니 어색한 만남은 아니었다.

　유재영은 무덤에 와서 향을 피우지도 않았다. 그런 의례적인 형식은 무시하는 사람이 유재영이었다. 천인조는 유재영에게 자신이 쓴 술잔을 내밀어 술을 따랐다. 아무 말도 없이 두 사람은 각각 세 잔씩의 술을 마셨다.

　둘 다 그리 살갑지 않은 사람들이었고, 그래서 처음 마주쳤을 때는 가볍게 인사만 했을 뿐 한마디도 하지 않았다. 두 번째 마주쳤을 때 천인조가 술을 건넸고, 세 번째가 돼서야 입을 열었다.

　"백천이는 잘 지내고 있소이까?"

　천인조의 물음에 유재영이 마신 술잔을 주며 대답했다.

　"집에서 아예 나오지를 않으니 저도 모르겠습니다."

　"하아—! 그래도 명색이 도주인데."

　살육의 그 밤에 설백천이 왕거붕을 죽인 것에 대해 뭐라고 하는 사람은 없었다. 고설란의 원수를 갚은 것이고, 규율을 어긴 것은 무시되었다. 죄 없는 고설란을 죽음으로 내몬 것도 어차피 규율을 어긴 것이기 때문이다.

　그 후 자연스럽게 설백천은 도주로 추대되었다. 오랫동안 목표로 하던 도주가 되었는데, 설백천은 그 자리에 조금도 관심이 없었다.

　집에 틀어박혀 술이나 마시는 게 하루 일과였다. 가끔 거문

고 소리가 들리기는 했지만, 듣는 사람을 절로 우울하게 만드
는 서글픈 곡들뿐이었다.

유재영이 말했다.

"그래도 천 사부께서 잘 이끌어 가시니 다행이지요."

천인조가 떠밀려 도주 대행을 맡고 있는 실정이었다. 관리
를 지냈던 덕분에 역대 도주 중에서 가장 뛰어난 능력을 발휘
했다.

"유 사부는 어떻게 지내십니까? 청산권문인가 하는 곳에서
온 사람들하고 아직도 껄끄러운가요?"

"사이좋게 될 수 없는 관계지요."

예야후가 괴물이 된 것은 모두에게 고통이었지만 최소한
유재영에게만은 행운이었다. 그를 잡으러 왔던 열네 명 중 고
작 세 명만이 살아남았다. 문일석과 장백항, 배지운이 그들이
고 첩자로 들어왔던 하명운과 이철장은 무력이 워낙 약해서
있으나마나였다.

본래 유재영의 무공이 문일석과 장백항보다 높을뿐더러
무형권까지 익힌 덕분에, 세 명은 유재영을 완전히 제압하지
못했다. 그래서 지금은 느슨한 휴전을 맺은 상태였다. 무형권
을 익히고 있기에 시간이 지나면 유리한 쪽은 유재영일 수밖
에 없었다.

그럼에도 문일석과 장백항이 서두르지 않은 것을 보면 청

산권문에서 오는 지원군을 기다리고 있는지도 모른다. 아직까지 오지 않은 게 오히려 이상한 일이었다.

청산권문에서 무형권을 포기할 리 없으니 어쩌면 보낸 자들이 중간에 침몰했을 수도 있었다. 그런 이유로 유재영에게는 하루하루가 살얼음판 같았다.

"유 사부께서도 백천이를 오래 못 보셨으면, 몸 상태에 대해서도 모르시겠군요?"

천인조가 설백천의 몸을 걱정하는 건 그럴 만한 이유가 있었다. 예야후의 난동이 있은 다음 날 갑자기 쓰러진 설백천은 무려 열흘 동안이나 정신을 잃고 있었다. 어찌나 열이 심했던지 이마에 얹은 젖은 수건이 일각이 되지 않아 뽀송뽀송하게 마를 정도였다.

다행히 정신을 차린 설백천은 그때부터 지금까지 두문불출하고 있었다. 오직 소소미만 만남을 허락했다. 그렇게 설백천은 사람들의 기억에서 잊혀져 가고 있었다.

*　　*　　*

"아아—!"

설백천의 무릎 위에 앉은 소소미는 허리를 움직이며 열띤 신음을 토해냈다. 고설란의 붉은 치마를 입고, 고설란처럼 앞에 거문고를 놨다. 하지만 거문고를 탈 줄 모르니 그저 장식일 뿐이었다.

상체를 뒤로 젖힌 설백천은 희열에 들뜬 소소미와는 달리 무표정한 얼굴로 술을 마시고 있었다. 그에게 이런 정사는 고설란에 대한 추억의 파편을 긁어모으는 의미 외에는 없었다.

소소미의 움직임이 격렬해지고 신음도 높아졌다. 그리고 어느 순간 설백천의 입에서도 짧은 신음이 터졌다. 꽤나 긴 정사에 소소미의 몸은 땀으로 흠뻑 젖었지만 설백천의 얼굴에는 한 방울의 땀도 비치지 않았다.

소소미는 수건으로 밑을 닦은 후 설백천을 향해 돌아앉았다.

"나도 술 한잔 줘."

설백천이 술을 따라 잔을 내밀자 그녀가 도리질을 했다.

"입으로 줘야지."

그는 입안에 술을 머금고 입술을 내밀었다. 소소미가 입을 맞추자 설백천은 머금은 술을 뱉었다. 소소미는 거푸 세 잔을 그렇게 마신 후에야 설백천의 무릎에서 내려왔다.

"이제 가봐."

"이야기 좀⋯⋯."

설백천은 가라는 손짓을 했다. 설백천이 과거의 일을 모두 용서한다고 했지만, 그의 심기를 건드려서 좋을 건 없었다.

"치!"

입을 삐죽 내밀고 일어서는데 멀리서 뿔나팔 소리가 들렸다. 설백천이 도주가 된 후로 처음 들어오는 죄수였다.

"안 가봐?"

"귀찮아."

설백천은 벌렁 드러누웠다. 천장 구석에 쳐진 거미줄은 주인을 잃고 힘없이 늘어져 있었다. 소소미는 생기 잃은 설백천을 잠시 보다가 긴 한숨과 함께 방을 나섰다.

한참 동안 의미 없는 시선을 거미줄에 두고 있던 설백천은 일어서서 술병을 잡았다. 병을 기울여 두 모금을 마시자 술이 떨어졌다. 소소미가 있을 때 술이 떨어져 가는 걸 알았어야 했는데. 잠시 망설이던 설백천은 몸을 일으켰다.

오늘 네 병의 술을 마셨는데, 마신 보람도 없이 취기는 전혀 없었다. 사실 예야후와 고설란을 보낸 그날 이후로 술을 마셔도 취하지 않았다. 그저 습관적으로 쓴 물을 목구멍으로 넘길 뿐이었다.

설백천은 휘적휘적 술집으로 걸음을 옮겼다. 명색뿐인 도주지만 그래도 좋은 점은 악인도의 술을 아무리 마셔도 뭐라고 하는 사람이 없다는 것이다.

그가 술집에 도착하자 술집을 책임지고 있는 조맹달이 반가운 인사를 했다.

"어이구! 우리 도주님 오셨네!"

여러 가지 잡기에 능한 조맹달은 술을 빚는 데도 일가견이
있었다.

"술 좀 줘."

"신입들을 보러 온 거 아니야?"

"천 사부 있잖아."

"에이! 그래도 도주가 직접……."

"잔말 말고 술이나 줘."

조맹달이 돌아서며 혀를 차는 소리가 들렸다. 그러거나 말
거나 설백천은 만사가 귀찮았다. 이 절망의 늪에서 언제 벗어
날지 알 수 없었다. 지금 상태 같으면 술독에 빠진 삶이 이어
지다가 어느 날 그렇게 죽을 것 같았다.

조맹달이 안에서 나무로 만든 술 단지를 들고 올 때 상수
방(商首房)이 죄수들을 이끌고 왔다. 도둑질을 하다 들어온
마흔 살의 상수방은 조맹달의 심복 같은 존재였다.

죄수가 오는 날이면 주민이 모두 나와서 구경을 한다. 그
때문에 백여 명이나 되는 사람이 술집 앞 공터로 모였다. 술
집에 설백천이 있는 것을 확인하고 사람들이 앞다투어 반가
운 인사를 했다.

그들의 인사를 받는 것도 부담스러워서 설백천은 건성으
로 손만 흔들어줬다. 술집에서 술통을 들고 나오는데 바닥에
수갑과 족쇄가 떨어지는 소리가 들렸다.

어쩐 일로 천인조가 자리에 없어서 조맹달이 죄수들에게 악인도의 규율을 알리는 역할을 맡았다.

"지금부터 우리 악인도의…!"

"여기 우두머리가 누구냐?"

독두에 한쪽 눈을 안대로 가리기까지 한 중년의 장한이 조맹달의 말을 끊었다. 조맹달은 설백천을 힐끔 보더니 혀를 찼다.

"쯧쯧쯧… 꼭 저렇게 배짱 좋은 척하는 놈들이 간혹 나온다니까. 한 번만 봐줄 테니까 조용히 찌그러져 있어라. 참고로 여기 계시는 분이 도주님이시다."

조맹달의 손이 설백천을 가리켰다. 독두 사내가 양쪽에 선 또래의 두 사내를 보더니 웃음을 터트렸다.

"크하하하! 아랫도리에 털도 나지 않았을 어린애가 이곳의 우두머리란 말이냐?"

털은 났지만 그것에 대해 왈가왈부하기는 싫었다. 설백천은 집을 향해 몸을 돌렸다.

"도주님. 그냥 가시면 어떡합니까? 소인들에게 한 수 지도를 해주셔야지요."

설백천은 못 들은 척하고 걸음을 옮겼다. 갑자기 다가온 장한이 발로 설백천의 등을 찼다. 중심을 잃고 앞으로 쓰러진 설백천은 술통이 깨지지 않은 것에 안도했다.

"이… 이놈들이 죽고 싶어서 환장을 했구나!"

소리를 지르는 조맹달은 물론 공터에 모인 모든 사람은 설백천이 일어서 당장 놈들을 응징하기를 바랄 것이다. 하지만 설백천은 그럴 마음이 전혀 생기지 않았다.

세상 모든 것이 무의미하고 귀찮았다.

"너희가 도주 하고 싶으냐? 그럼 해."

그 말을 남기고 다시 걸음을 옮겼다.

"크하하하! 저런 병신이 도주라고? 여기 모인 너희 모두들 들었지? 오늘부터는 우리가 도주다!"

사내 세 명은 원래 동패인 듯 좋다고 웃음을 터트렸다. 주민들은 아무 말도 하지 않고 그저 웃음소리를 듣고 있었다. 그들은 굳이 설백천이 해야 할 일을 대신하지 않았다. 최소한 설백천이 명령이라도 해야 움직여서 사내들을 응징할 것이다.

그런데 설백천이 그냥 있으니 그들 또한 구경만 했다.

"자! 그럼 도주가 된 기념으로 술과 여자 맛을 봐야지!"

독두 사내와 함께 있던 귀 한쪽이 없는 사내가 한 여자의 손목을 낚아챘다. 오늘 함께 들어온 이십대 초반으로 보이는 여인인데, 악인도에 들어올 여인 같지 않게 미색이 출중하고 기품마저 보였다.

"이… 이거 놔라!"

여인이 반항해 보지만 우악스런 사내의 힘을 당할 수는 없었다. 여인의 목소리가 들려 고개를 돌려보았고, 그 여인은 이상하게 고설란을 생각나게 했다.

 아무래도 나서야 할 모양이다. 그래서 몸을 돌리는데 군중 뒤에서 목소리가 울렸다.

 "왜 이리 소란스러운 것인가?"

 사람들이 갈라서고 천인조와 유재영이 모습을 드러냈다. 조맹달이 냉큼 그들에게 달려가 그동안 있었던 일을 상세하게 일러바쳤다.

 천인조의 시선이 설백천에게 향했다. 그뿐 안타까움이 깃든 시선은 세 사내에게로 돌려졌다.

 "이곳은 규율이 있는 곳이니……."

 "넌 또 뭐야?"

 천인조의 좋은 말이 통할 상대들이 아니었다. 비로소 유재영이 나섰다. 그런데 유재영은 세 사내를 아는 모양이다.

 "광동성(廣東省)에서 악명을 떨치던 불가촉삼흉(不可觸三凶)이로군."

 독두 사내가 인상을 찡그렸다.

 "우릴 아는 너는 누구냐?"

 "사형을 당해야 마땅할 자들이 유배라니. 법이 참 너그럽구나."

 "겁나지 않으면 네 정체를 밝혀라."

 조맹달이 날름 나섰다.

"저분은 청산권문의 문인으로 무림에 명성을 떨치시던 유재영 대협이시다!"

그러자 독두 사내가 흠칫 놀란 표정을 지었다.

"네가 그 유영권 유재영이란 말이냐? 갑자기 실종되었다는 소문이 파다하더니 악인도에 들어와 있었구나. 저 꼬마가 도주라고 하더니 실은 네가 도주겠구나?"

유재영은 설백천을 보았다. 그의 눈에도 천인조와 비슷한 안타까움이 묻어 나왔다. 유재영 역시 아무 말 하지 않았다.

"저 사람이 도주다. 너희도 악인도에 온 이상 도주의 명령에 따르고 규율을 지켜야 할 것이다."

"안 그러면 어쩔 건데?"

유재영은 무림에서 꽤 명성을 날리던 사람이었다. 그 명성을 알면서 불가촉삼흉이 저런 모습을 보인다는 것은 저들의 무공도 만만치 않다는 의미였다.

"날뛰어보면 알겠지."

독두 사내는 유재영을 노려보았다. 그 눈빛 속에서 어떻게 할까 고민하는 기색이 역력했다. 설백천도 고민을 했다. 귀찮기는 했지만 지금 저 세 놈을 죽여 버릴까 하고 말이다.

그런데 불가촉삼흉이 물러섰다.

"신입이니 오늘은 우리 소개를 한 것으로 만족하지."

보아하니 나중에 말썽을 일으킬 게 분명하지만 오늘은 조용히 넘어가니 다행이었다. 설백천은 봉변을 당할 뻔한 여인에게 말했다.

"어이! 거기 여자!"

여인이 깜짝 놀라서 설백천을 보았다.

"따라와."

말만 하고 설백천은 집을 향해 걸었다. 잠시 망설이던 여인은 불가촉삼흉과 있는 것보다는 설백천을 택했다.

집에 도착한 설백천은 방으로 들어갔다. 여인이 문 밖에서 멈췄다.

"들어와."

여인은 쉬이 방 안으로 발을 들여놓지 않았다.

"들어오기 싫으면 가고."

이곳으로 왔던 것처럼 여인은 돌아가지 않고 방으로 들어왔다. 설백천은 방바닥에 있는 거문고를 여인에게 건넸다.

"연주해."

여인이 거문고를 연주할 수 있는지 묻지도 않았다. 여인에게서 고설란의 면이 보였으니 당연히 할 수 있을 것이라 생각했다. 그런데 여인은 거부했다.

"싫어요."

'못해요'가 아니라 싫다고 한 건 할 수 있는데 하지 않겠다는 의미였다.

“왜?”

“전 아무 거문고나 연주하지 않아요.”

설백천은 피식 웃었다. 악인도에서 손재주 있는 목수가 만든 거문고였다. 당연히 바깥 세상에 있는 것보다 조악할 것이다. 하지만 고설란은 그런 거문고로 세상에서 가장 아름다운 소리를 만들어냈다.

“네가 연주하기 싫으면 내가 하지.”

설백천은 거문고를 무릎 위에 놓고 줄을 튕기기 시작했다. 절로 고설란이 떠올라 곡은 슬프고 애절했다. 하긴, 고설란에게 배운 곡이 대부분 그런 것들이다.

그가 지금 연주하고 있는 곡은 백거이(白居易)의 잠별리(潛別離)라는 시에 곡을 붙인 것으로 고설란이 가장 좋아했던 곡이었다.

설백천은 흥얼거리며 거문고를 연주했다. 고설란을 생각나게 하는 여인을 앞에 두니 그나마 흥이 났다. 설백천이 연주를 끝냈을 때 여인의 눈은 커졌고 입은 반쯤 벌어져 있었다. 어지간히 놀란 얼굴이었다.

“자. 네 차례다.”

여인도 이번에는 순순히 거문고를 무릎 위에 올렸다. 그녀의 손가락이 한 번 튕겨질 때 곡의 이름을 알 수 있었다. 설백천이 선택한 백거이를 그녀도 택했다. 제목은 비파행(琵琶行)

으로 이별의 순간을 노래하는 내용처럼 가슴에 절절이 묻히는 곳이었다.

설백천은 술을 따라서 마셨다. 한 잔이 넘어가는 그 짧은 순간에 눈물이 흘렀다. 고설란이 연주하던 거문고 소리는 있는데, 사무치게 그리운 그녀는 간 곳이 없다.

설백천은 탁자에 얼굴을 묻었다. 거문고 소리가 환청처럼 먼 곳에서 들렸다. 잠이 왔다. 이대로 잠에 빠지면 꿈에서 고설란을 만날 것 같았다.

그렇게 잠이 들었고 정말 고설란이 그를 찾아왔다. 하늘하늘한 붉은 옷을 입은 그녀는 설백천을 위해 거문고를 연주해 주었다.

그렇게 꿈속을 헤매고 있는데 거친 목소리가 그의 이름을 불러 깨웠다.

"백천아! 백천아!"

고설란의 꿈에서 깨어난 설백천의 기분이 좋을 리 없었다.

"뭐야?"

『야수왕』 2권에 계속…

이제부터 전자책은

이젠북

www.ezenbook.co.kr

새로운 세계가 열린다!

한백림 『천잠비룡포』　　천중화 『그레이트 원』
좌백 『천마군림』　　　　송진용 『몽검마도』
현대백수 『간웅』　　　　김석진 『더블』
김정률 『아나크레온』　　백연 『생사결-영정호우』
임준후 『켈베로스』　　　예가음 『신병이기』
진산 『화분, 용의 나라』　남운 『개방학사』

이름만 들어도 황홀할 정도의 별들의 향연!

이들의 "유료연재"가 시작됩니다!

검색창에 **이젠북** 을 쳐보세요! ▼ 🔍 

Book Publishing CHUNGEORAM

가즈 나이트 R

Gods Knight

이경영 판타지 장편 소설

이제는 그 전설조차 희미해진 옛 신계, 아스가르드.
그 멸망한 신계의 전사가 새로운 사명을 품고 다시금 인간들의 곁으로 내려온다.

렘런트라는 이름의 적들, 되살아나는 과거,
그리고 가치관의 차이.
그 모든 것들과 맞서 싸우려는 그녀 앞에 신은 단 한 사람의 전우를 내려준다.

그는 붉은 장발의, R의 이름을 가진 남자였다!

초대작 「가즈 나이트」의 부활!
신의 전사들의 새로운 싸움이 지금 시작된다!

Book Publishing CHUNGEORAM

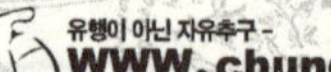

十萬對敵劍

Fantastic Oriental Heroes

십만대적검

오채지
新무협 판타지 소설

개파 이래 한 번도 고수를 배출한 적 없는
오지의 산중문파 제종산문.

무려 십칠 대에 이르러서야 마침내 괴물 같은 녀석이 나타났다!
하지만 그는 세상사에 초연하기만 하고,
속 터진 사부는 천일유수행(千日流水行)을 핑계 삼아
제자를 산문 밖으로 내쫓는데……

『십만대적검』!

바깥세상이 궁금하지 않았던 청년 장개산의
박력 넘치는 강호주유기!

Book Publishing CHUNGEORAM

유행이 아닌 자유추구
WWW.chungeoram.com

인기영 장편 소설

현대 강림 마스터

FUSION FANTASTIC STORY

타고난 이야기꾼, 작가 인기영!
「현대 귀환 마법사」의 뒤를 잇는 새로운 현대물로 돌아오다!

한평생 빙의로 고생해 온 설유하.
그 빙의가 그의 인생역전을 이뤄줄 줄이야!

귀신을 다루는 사령술!
동물을 움직이는 조련술!
마검왕에게 사사한 검과 마법!

이계에서 찾아온 세 영웅의 영혼과의 만남.
그들이 전해준 힘으로
역사에 없던 '마스터'가 현대에 강림하다!

주목하라!
나 설유하, 마스터가 바로 여기에 있다!

Book Publishing CHUNGEORAM
www.chungeoram.com

면 왕 백 리 휴

FANTASTIC ORIENTAL HEROES

무진등 新무협 판타지 소설

麵王百里休

'맛있는' 무협이 펼쳐진다!

가문의 선조가 남긴 비서
'백리면요결(百里麵要訣)'
모든 이야기는 이 서책으로부터 시작되었다.

『면왕 백리휴』

면요리의 극의를 알고자 하는 자,
모두 나에게로 오라!

Book Publishing CHUNGEORAM

유행이 아닌 자유추구 –
WWW.chungeoram.com

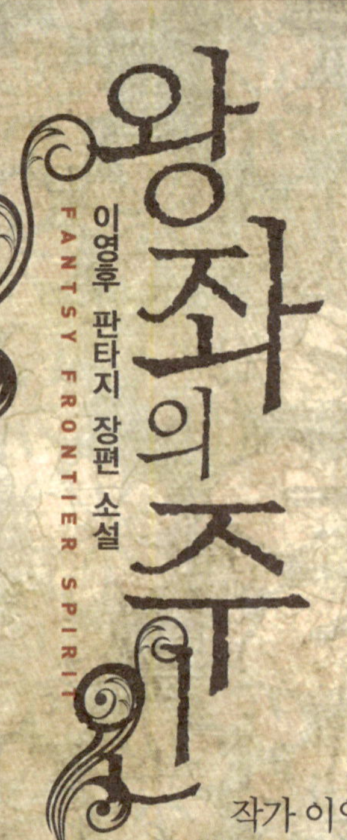

작가 이영후가 선보이는 야심작!
가슴을 떨어 울리는 판타지가 찾아온다!

『왕좌의 주인』

세계를 몰락 위기로 몰았던 이계의 절대자들
그들의 유적이 힘을 원한 자들을 불러들이고…
그 힘을 취한 어둠은 암암리에 세계를 감쌀 뿐이었다.

"세계를 구원할 것은 너뿐이구나."

어둠을 걱정한 네 영웅은 하나의 희망을 키워낸다.
이계 최강의 절대자 티엔마르.
그리고 이 모두의 힘을 이어받은 새로운 존재…
은빛의 절대자 레오!

Book Publishing CHUNGEORAM

유행이 아닌 자유추구 —
WWW.chungeoram.com

FUSION FANTASTIC STORY

버퍼
Buffer

이영균 장편 소설

사귀던 연인에게 이별 통보를 받은 어느 날,
송염을 찾아온 기이한 인연……

『버퍼』

처음 보는 노신사와
그가 내민 소주잔… 아니 손길.

"난 그 힘을 버프라고 부른다네."

의문의 힘은 송염에게 이어지고,

"…그리고 이젠 자네가 버퍼일세."

지구 유일의 버퍼, 송염!
그 위대한 발걸음에 주목하라!

Book Publishing CHUNGEORAM

유행이 아닌 자유추구 -
WWW. chungeoram.com

『가면의 레온』『무적문주』『신필천하』의 작가
눈매 新무협 판타지 소설

『가면의 마존』

중원을 공포에 떨게 만든 희대의 악마, 혈마존.
혈마존의 혼을 잃어버린 염라계는 결국 레온의 영혼을
혈마존의 몸에 집어넣는데!

'내, 내가‥ 그렇게 흉악한 사람이었다니! 믿을 수가 없어!'

기억을 잃은 채 혈마존의 몸에 부활한 레온.
본성이 착한 레온은 천하의 악인이 되어
혈마교를 이끌어야 하는데……

"아무래도 여긴 나랑 안 맞아!"

Book Publishing CHUNGEORAM

유행이 아닌 자유추구 -
WWW.chungeoram.com